Fuimos es mucha gente

María Luisa Mendoza

Fuimos es mucha gente

FUIMOS ES MUCHA GENTE

De esta edición:
© D. R. 1999, Aguilar, Altea, Taurus, Alfaguara, S.A. de C.V.
Av. Universidad 767, Col. del Valle
México, 03100, D.F. Teléfono 5688 8966
www.alfaguara.com

- Distribuidora y Editora Aguilar, Altea, Taurus, Alfaguara, S.A.
  Calle 80 Núm. 10-23. Bogotá, Colombia.
- Santillana S.A.
  Torrelaguna 60-28043. Madrid.
- Santillana S.A., Av. San Felipe 731. Lima.
- Editorial Santillana S. A.
  Av. Rómulo Gallegos, Edif. Zulia 1er. piso
  Boleita Nte. Caracas 1071. Venezuela.
- Editorial Santillana Inc.
  P.O. Box 5462 Hato Rey, Puerto Rico, 00919.
- Santillana Publishing Company Inc.
  2043 N. W. 87th Avenue Miami, Fl., 33172 USA.
- Ediciones Santillana S.A. (ROU)
  Javier de Viana 2350, Montevideo 11200, Uruguay.
- Aguilar, Altea, Taurus, Alfaguara, S.A.
  Beazley 3860, 1437. Buenos Aires.
- Aguilar Chilena de Ediciones Ltda.
  Pedro de Valdivia 942. Santiago.
- Santillana de Costa Rica, S.A.
  Apdo. Postal 878-1150, San José 1671-2050 Costa Rica.

ISBN: 968-19-0512-1

Primera edición en Alfaguara: julio de 1999

Diseño:
Proyecto de Enric Satué

Impreso en México

A mis hermanos varones:
Manuel y Francisco Xavier

A María Teresa Mendoza Romero

A los que fuimos

La enfermedad de los ángeles no es algo novedoso.
Los he visto arrastrarse como abejas sin poder volar,
mordiéndose la lengua, en las terminales de autobuses,
sin cantar, parados nada más,
enseñando las piernas, ocultando las alas,
aguantando su breve tránsito en la tierra,
sin sonreír ya: dormidos uno a la sombra del otro
navegan en brazos de desconocidos que pisan su luz,
esa máscara del Edén,
ofreciendo algo más que amor invisible,
comodidades intangibles, ofreciendo el gusto,
la gloria erótica pura de una muerte sin ecos,
la sensación de los besos enviados desde el cielo
derritiéndose al momento de tocar la tierra.

MARK STRAND

¿Quién si yo gritara,
me escucharía de las órdenes angélicas?...

RAINER MARIA RILKE
Primera elegía

¡Me contemplo y me veo ángel!
Y muero,
y quiero.

STÉPHANE MALLARMÉ
Ángel de la belleza

La enfermedad de los ángeles no es algo novedoso.
Los he visto arrastrarse como abejas sin poder volar,
mordiéndose la lengua, en las terminales de autobuses,
sin cantar, parados nada más
enseñando las piernas, escondiendo las alas
aguantando su breve tránsito en la tierra
sin sonreír ya, dormidos uno a la sombra del otro
navegan en brazos de desconocidos que pisan su luz
esa máscara del Edén
obsequiando algo más que amor invisible
comodidades intangibles, ofreciendo el deseo
la gloria efímera pura de una muerte sin ecos
la sensación de los besos enviados desde el cielo
derrumbados al momento de tocar la tierra.
MARK STRAND

¿Quién si yo gritara
me escucharía de los órdenes angélicas?
RAINER MARIA RILKE
Primera elegía

¡Me contemplo y me veo ángel!
Y muero,
y quiero
STÉPHANE MALLARMÉ
Ángel de la belleza

¡Son los ángeles!
Han bajado a la Tierra por invisibles escalas,
vienen del mar, que es el espejo del cielo,
en barcos de humo y sombra,
a fundirse y confundirse con los mortales,
a rendir sus frentes en los muslos de las mujeres,
a dejar que otras manos palpen sus cuerpos febrilmente,
y que otros cuerpos busquen los suyos hasta encontrarlos
como se encuentran al cerrarse los labios de una misma boca,
a fatigar su boca tanto tiempo inactiva,
a poner en libertad sus lenguas de fuego,
a decir las canciones, los juramentos,
las malas palabras en que los hombres concentran
el antiguo misterio de la carne, la sangre, el deseo.

XAVIER VILLAURRUTIA
Nocturno de los ángeles

Que es fortuna morirte siendo hermosa
y no ver el ultraje de ser vieja.

SOR JUANA INÉS DE LA CRUZ

El camino de un hombre hacia sí mismo
es el retorno de su exilio espiritual,
porque a eso se reduce la historia personal:
al exilio.

SAUL BELLOW

I

¿Conque ésta es la edad? El miedo, la advertencia atávica, el temor agazapado de morirse. Intermitente como el amor siento la mordedura y el agobio pasa a mayores. Levantarse de la cama e ir al espejo a mirar cómo quedó el rostro en la noche. La devolución de la lejanía, las pistas de lo que fue: boca aún llena, acerezada; la punta de la barbilla aguzándose, ojos de juventud desnegrados asomando a la mañana. La vieja historia de latigazos que toda mula recibe al jalar tembelequeante carreta. Es la edad. Cuando intenté describir la vida de una mujer anciana nunca pensé que ni siquiera cubría el hueco de las menesterosas flores de tumba en los dorsos de las manos, las venas hinchadas que en la familia se heredan junto al sentido del humor. Ninguna dolencia novelada es real en la juventud, quizá nada más se describa como una receta de cocina inútil sin fogón y aromas, meneo y probada. Imposible dejar en la voz o en el papel la soledad de los viejos, la carencia de resortes saltarines a la fiesta, a la manda del viaje. Por supuesto, no deseo la muerte, pero la edad es saber que el préstamo va a terminar y el pago se acerca.

La cargamos y nos condolemos. Hay olvidos disimulados en la plática, no llegan las palabras exactas, nombres de ciudades, de actores, de sobrinos, calles, fechas, razas, marcas. Adentro se instalan orfandades, y si has sido una bengala de ironía, intrépida dialogadora, vas deteniéndote en las oraciones mochas, optas por una graciosa sustitución: en lugar de mostaza dices amarillo, organdí velo, odre olla, argentona en lugar de España, Tatzio belleza... Me sucede si escribo, no sólo me da miedo hacerlo sino que ya no me atrapa la celeridad y pasión con las que usualmente lo hacía; he limado hasta la presencia detrás de mí de mis supuestos enemigos, o la escalofriante idea de parecérmeles, mediocre, atrofiada, en el extravío del vuelo, en verdad sin tener que contar. No deseo caer en el bagazo de la carencia del canto y la garra. Noto alarmada que la escritura río no fluye, irse horas enteras entre las piedras en relatos que hacían temblar las manos de urgencias casi amorosas. Hoy las palabras se quedan en pausas, y sobreviene el negro espanto del agotamiento y el desgano; aquel apurar el paso para que no se vayan a perder las ideas, el montoncito de cuartillas de un jalón, llegar a la broma impensable de escribir una hoja diaria para alcanzar las trescientas y tantas en un año. El asunto es no derribarse en el desaliento castrante de las comparaciones. Escribir es una obligación del alma, compromiso moral irreductible y luego romper papelitos inclemente. No visito a mis amigos en los días de asueto para torturarme escribiendo implacable en lugar de recorrer la carretera en la distracción que no obstante me ha de pesar regresando el remordimiento. Ser escritora es oficio de miseria e insatisfacción. Lo que me sucede es debido a que mi escritura se ha contaminado con las tormentas exteriores, lo ominoso. ¿Qué será de mí?... cuando no pueda caminar y dependa de voluntades ajenas para alimentarme, para los oficios calmos de la pulcritud... ¿Qué será ya no ceder las puertas al deseo, los ventarrones empujando, toda prudencia vencida. Aquel imperio de tocar a mi semejante, llevarlo a un cuarto cerrado y abrazarlo temblando, él, yo misma apeteciéndolo, nuevo, ajeno, prestado, mas sin capacidad para en ese momento de fiesta y árboles, vasos llenos, todos hermosos porque éramos simplemente jóvenes, dejarlo ir?

No habíamos cruzado palabra en años, indiferentes transcurrimos nuestra carrera topándonos en los pasillos de la Facultad de Filosofía y Letras, ambos tímidos, los demás hermosos. Él no sabía bailar y mi sentido del ritmo lo retrajo aún más, tanto como mi ignorancia del idioma francés en él perfecto, decantado más aún durante su estar continuo en Francia. La mañana del encuentro del coctel vibraba con el gozo parecido a la felicidad bajo las copas de los árboles pachones de primavera. Oí la voz de Julio Guardado conversando en francés, por supuesto, y su risa intercalada llena de golpecitos guturales burlones y que amaría tanto, volví el cuerpo entero para encontrarme con sus ojos semicerrados y una cierta comedida admirancia. Jamás —que me acuerde, claro está— me pareció tan feroz la acometida del deseo, virgen, sin trabajar, como un rayo intempestivo y aluzador; era de tal impertinencia que me dio la impresión se veía rojísimo el día alrededor de la gente vestida de blanco. Olíamos a nosotros mismos, los sacos y los pantalones empezaban a arrugarse con el calor, todavía no recurríamos a los perfumes detrás de las orejas o vaporizables sobre el pecho. Su misma sonrisa que atrapaba delante de los dientes de quilla un tanto apresurados detrás de los labios sin relieve, los lentes clásicos del tono de la miel los arillos, la mirada asomándose instantánea entre los párpados que dejaba caer dando la impresión de miopía grave, sueño, y cuyo empeño en velarla si se le contabilizara daría por resultado invisible la mitad de su vida. Julio no prestaba sus ojos incoloros a cualquiera y los mantenía abiertos sólo en la lectura. Tal vez eludía la realidad o la analizaba a oscuras, sabio de los sonidos y las intenciones. Si en los años pasados en la Facultad no lo imaginé ni en sueños como pareja, el mar se me salió de adentro enloquecido, me enamoré pesarosa y presurosa deteniendo su mano, la eterna ejecutiva del mandato. Fuimos en busca de la primera puerta que encontramos y la abrí sin que nadie se diera cuenta; nos habíamos borrado de la concurrencia impelidos por la asignatura pendiente, por satisfacer "el acto de las tinieblas" del tiempo del Rey Lear. Su mujer charlaba con el más célebre escritor del convivio, mi marido bebía sediento entre sus cuates de andanzas. Era una oficina vacía y oscura por las cortinas corridas. Nerviosa abracé su cabeza y la pegué a mis senos con la torpeza del acto impensado, como si me estuviera robando una botellita de cristal. Él me rodeó la cintura y su cara y la mía se contemplaron profundas, examinantes. Ambos estremecidos nos detuvimos en el naufragio de toqueteos, broncas respiraciones, impaciencia del corazón atrabancado y galopante en la temeridad que había que saciar a costa de la vida. No dijimos una palabra enredados en brazos y piernas, y él me doblaba sobre el escritorio. Un estar en mí y en él movidos por el huracán de agua tibia, en el gozo que nos debíamos desde la adolescencia y el desconocimiento del sexo que campeaba de salón a corredor y a patio, que recorría la iluminada generación de niños casi veinteañeros, inocentes, desencaminados, mareados como trompos o pirinolas, muertos de ganas y encarcelados a la castidad por el flameante dragón del embarazo. Ahora que ya éramos grandes teníamos el derecho a satisfacernos de tanta penuria. Julio se dio cuenta antes que yo, volvió en sí del delirio atrevido. Salió de mí —es la forma indisputable y absoluta de haber estado en mí— arreglándose la ropa aceleradamente. Le di un espejito para que no hubiera en su amado rostro ni un ápice de pintura. Dimos con un bañito adjunto y recuperamos prestancia y decencia. Basta peinarse y mojar los cachetes, nada más la reyerta de luz en los ojos, el vidrio del agua en paz, nos podrían delatar. Julio me ordenó sal tú primero y lo hice con donaire recorriendo el mismo camino enfantasmada, imperceptible, estimulada con mi nuevo basilisco de amor. Mi marido instalado en la carcajada discutía entre la concurrencia ya chispeante con sus contlapaches cultos y alcohólicos, intolerables a partir de un piñón. Le quité el whisky de la mano al hombre y lo sorbí endemoniada como una gárgola que hubiera encarnado en el incendio de la catedral. Supe que tardarían muchos años para volvernos a encontrar y que durante ¿los diez minutos?, ¿una hora?, de aquel ascender al cielo y pegar un grito, Julio Guardado solamente había dicho tres palabras: sal tú primero.

Monserga la edad y el trueque de liberación el premio, la supuesta gloria de la fama que otorga facilidades mínimas para trabajar con menos dificultades. Por eso quizá se fueron yendo los años y apretujándose matrimonios y separaciones, reflejados curiosamente en la implacable destrucción de nuestra ciudad, vieja atacada por todas las calamidades, ayer obcecación de luces, obstinado pasmo de la Nueva España, regia tumba sobre la Tenochtitlan desmembrada... cambiar por mejorar. La más anciana de las ancianas cubre su cuerpo de muerte catrina con palacios de los despojos y hoy remedos miserables de construcciones sureñas norteamericanas, erupciones color de rosa de aquel art-decó escandalizador de nuestros padres que lo vieron avanzar en colonias enteras periféricas, acostumbrados ellos a la estatura de las casas porfirianas que yo todavía viví con todas sus letras: escalinatas, tragaluces, pasillos, sótanos, ventanales hasta el suelo, terrazas con balaustradas y así. Hubo una mansión art nouveau que mi padre adquirió para curarme la tosferina, con balcones y patios, enmosaicados los muros de lirios y delirantes tallos desfallecientes, nenúfares lánguidos, colores tristes y opalinos del teatro de Sarah Bernhardt, que íbamos contando con el brazo extendido mis primos y yo desde nuestra estatura de retrato provinciano. Las niñas andábamos en los diez años y se nos veían los calzones; el perro se llamaba Dimes, una salchichita risueña retratada junto a mí incesantemente. Mi prima Aurora Teruel Santamaría aprendió a contar primero que nosotros hasta cien sin detenerse. Creo que fue eso y sus ojos grises los que nos apabullaron e hicieron su intrepidez en el liderazgo con el que comandó a la chiquillería. Vigía en cuanto juego emprendíamos, rebelde incitadora de ataques de risa a la hora de la comida, o en los rosarios, los vía crucis, las letanías. Mis tíos debieron sacarnos sin falta al atrio a que siguiéramos en el desbocamiento de las carcajadas vendavales.

Los juegos en cambio se fincaban en una gran seriedad y realismo, amén de las arriesgadas ascensiones al árbol más alto de la casa de campo, el magnolio florecido de aquellas enormes flores como canastas aceradas, olorosas y mustias incapaces de conservar la blancura una vez cortadas. Jugábamos a la tiendita, al tren Pullman, al paseo al cerro, al viaje por carretera, al mar, a la escuelita, a la selva de las novelas, al amor bien casado, etc., al hotel: seis camitas de trapos en el suelo y seis enfrente; de la puerta del zaguán clausurado hasta el cancel de madera con columnillas torneadas. Una mesa a la entrada era la recepción con el libro de contabilidad del tío para registrarse. Proveníamos de París, Cortazar, Roma, Acámbaro, México... estado civil: siempre casadas y con niños invisibles a los que arreábamos enérgicas y enojadas como nuestros padres. Las muñecas recibían el pecho cada rato y se dormían calladas a una sola orden. Éramos capaces de estar silenciosas y sin movernos horas, si necesario fuese, hasta que Aurora dictaminaba parada detrás de la mesa, que ya era de día y llegó el tiempo de levantarse. Así decía: que ya era de día y llegó el tiempo de levantarse... No necesitábamos muchos huéspedes, nos multiplicábamos en ellos lúcidas, arrebatadas: nos convertíamos en agentes de viajes, en presidentes de la República, en mujeres malas, en monjas, en descubridoras del Polo Norte.

Cuando los primos tomaban parte el festejo crecía, por desgracia rara vez aguantaban más de diez minutos sin escandalizar desmandándose e ignorando las reglas clásicas del que era de noche y se dormía. Las risillas, las risotadas, los pellizcos, volaban los burós de huacales, las lamparitas de papel con la vela adentro, las toallas viejas, los cojines llevados subrepticiamente de las recámaras, a escondidas de las nanas malogradoras de cualquier fantasía.

Una vez, el calor agobiante y la soledad nos juntaron a Aurora a Patricio mi primo y a mí en el cuarto último, el de los muchachos, el más bonito y aluzado. Patricio asumió su mayoría de edad entre todos con el garbo conmovedor de sus catorce años. Nosotras no alcanzábamos a sopesar su edad ni qué sería tenerla, nada más nos explicábamos que cuando nosotras nacimos él cumplía cuatro años, lo que muy poco aclaraba la diferencia. En mi casa los hombres y las mujeres estamos dotados —o maldecidos— con un don erótico vivaz y mandón que nos preocupa y acuna, empleador voraz, acuchillado todos los viernes primeros a la hora de la confesión plena de remordimientos y promesas de enmienda, y condenado como lo innombrable, de lo que no se habla a la hora de la comida o algo así, por los padres y los tíos herederos de antepasados castos de los que nos preguntábamos cómo fundaron tal comunidad en explosión si no aceptaban ni un mal pensamiento ¿y lo otro que dicen que hacen? El caso es que la religión nos la tatuaron a palmetazos o con sencillas miradas, jalones de orejas, y brazos justicieros de tías que adivinaban cuanto hay.

Patricio sobresalía, no muy alto aún, pero lleno de mensajes aluzadores que cintilaban al cantar atenorado. El verdor de los ojos peleaba con la piel de avellana y el bozo apeluzado sobre el redondo labio superior, sello de la familia —son labios hasta la muerte, notables más allá de los setenta, sin desinflar—. Patricio luchaba el día entero con el dragón del deseo que siempre nos anda persiguiendo empecinado a los Santamaría. Lo oímos caminar detrás de nosotros por las uñas que no se corta y las encaja en el suelo rítmicas, no nos pierde, cumple el decreto demoniaco de tentarnos y hacernos caer en la tentación. Nos aconsejábamos en la noche para vencerlo y rezábamos un rosario sin reírnos. El cuarto final, el cerrador de la tripa de las cuatro recámaras en aquella casa solariega precisamente nacida, hecha para el sol, era el más jubiloso por sus seis ventanas que daban a la huerta, éstas lucían ascuas de esplendentes soles invadiendo los rincones, moviéndose tempestuosos con el regalo sinuoso de las sombras de las ramas eternamente meneándose como olas del mar. Allí, claro está, el deseo era feliz, crecía al tamaño de la parroquia y sus torres picaban el techo agujereándolo para subir hacia el cielo hasta que salían las estrellas. Deseo dinosáurico todavía no, ni bufador, pero iba para catedral, ya con sus olores de pozo, de lama, de nacimiento navideño, de naranja entre la ropa del ropero, de caña pelada. Había una prohibición tácita de entrar a ese cuarto; nos asomábamos por los alféizares de las ventanas a fisgonear, o si de casualidad la solanera nos agarraba adentro de pasada, nos acodábamos huyendo a poquito con medio cuerpo a esperar el crepúsculo, a que el fuego de oro se desgastara. Se nos veían los calzones.

Aquel domingo los tíos salieron al entierro de un conocido muerto la noche anterior, y nos quedamos solos Aurora, Patricio y yo; ¡no lo podíamos creer!, las nanas en la feria, nosotros dueños de la tarde. El silencio se apoderó de la casa que dormitaba como cocodrilo, y el sol sobre la larga azotea pesaba como una tonelada de plomo derretido intentando derrumbarla para juntarse con nosotros a la sombra que era el reino casi frío, misericordiosamente fresco envuelto por la canícula desaforada. El silencio extraño se enroscaba a la tarde juliana, almácigo de incesantes tentaciones en tanto se pudría el pobre cuerpo del fiambre rumbo al panteón atacado por la guerra de los gusanos carniceros. A Patricio le daba por inventar desmesuradas aventuras de él y su grupo masculino, chicos quinceañeros de voces constipadas e invencibles barros, "tesoros de la juventud" que les decía mi abuela, los que iban erosionando la castidad escolar debida y alebrestando las excitaciones más fuertes por desconocidas. El caso es que el ángel negro del deseo se agrandaba dentro de nosotras y al desplegar las alas salían sus plumas por las orejas, las fosas nasales, los labios entreabiertos y uno ignorando qué demonios hacer con tantas plumas tintas meciéndose en el aire estático al sonar las cuatro campanadas del reloj del pasillo... Allá vamos trotando los tres al último cuarto y yo me quedo rezagada ramoneando en los brincos a los cuadros negros del mosaico jugando al "avión", como si quisiera volar en él con la jaculatoria murmurada a prisa para que no la oiga Dios muy bien que digamos, ni mi ángel de la guarda que a todo dice *no*, la palabra fundadora del libre albedrío cristiano.

No, no tengo miedo, ¿de qué?, aunque contravenimos la constitución del orden familiar: no entrar al cuarto de los muchachos, la cual desobedecíamos eficazmente y en él jugábamos a mil cosas, principalmente a que íbamos en barco y era de tarde... En la borda contemplábamos el horizonte donde se aplastan mar y cielo y dibujan, en esas forzadas de puños apretados, la curva magistral de la redondez del mundo. Oíamos clarito el quejumbre de las gaviotas, olíamos la sal y el yodo, la dulzura de la brisa, la gloria de las olas levantándose en cámara lenta forradas de concha nácar lalique, para gritar en el arriba, nieve tibia, crema cortada, velo de novia, santísimo escupitajo, y mojarnos la cara y el cabello, navegantes salidas de las novelas que leíamos, dale que no te cansas durante las vacaciones. La travesía terminaba con el grito de la tía capitana llamándonos a merendar. Ir en el Queen Elizabeth fue en mi niñez lo que más amé, primero por imposible y luego por prohibido... Esa vez hice tiempito, fui a la chis, me lavé las manos untando varias veces el jabón de glicerina de miel; de camino examiné los cajoncitos de la máquina de coser repletos de carretes, hilos de bola, sobres de agujas, los dedales, el huevo marmóreo helado y que pesaba como los senos que anhelábamos tener. Conté los veinte retratos de los abuelos bautizados, comulgados y casados, genial muestrario de modas que a nuestra edad era imposible juzgar como románticas siquiera y repetibles. Atravesé la recámara de los tíos, de mis primas, en la que dormíamos en mis noches de visita, y por fin abrí las puertas de vidriera y visillos para ver en el pánico a Aurora echada en la cama con las piernillas abiertas colgando en la orilla y a Patricio encima de ella como empujándola no sé aún si en la comicidad o el pecado más mortal del universo. Aurora me miraba riéndose apresurada, nerviosa y con una cierta cínica admisión me dijo: que luego te tocaba a ti...

Me paralicé por la inadmisible acción condenatoria del infierno que me tienes prometido ¡y con su propio hermano! No pude salir ni acercarme, aceptar o morirme allí mismo para que se arrepintieran de sus pecados mis parientes, mis compinches. Pero en la niñez hay un pacto moral entre los niños que no contempla la sola idea de abandonar a nadie en mitad de un juego, menos aun la denuncia, la cobardía por miedo, ni cansancio ni aburrimiento. Un juego es un convenio secreto, la representación real de algo creado imposible de interrumpir entre los jugadores y sólo a causa de un mandato externo puede quedar intacto el hecho con tal de saberse emplazado para más adelante; en esto no hay vuelta de hoja. El asunto era todavía peor pues uno de los jugadores es varón y es mayor. ¿Por qué resquicio traicionarlo?

El regodeo, frotamientos, festinante licencia, casi un ajusticiamiento de Aurora, duró un siglo. No me acuerdo si no traían calzones, lo que sí sé es que ella reía y reía comunicándome a media voz que ya era grande... ¡Pero no lo eres!, le grité y Patricio dijo estamos jugando... De pronto se levantó un tanto azorado, torpe, orgulloso, menos valiente que antes pero fiel al pacto, me agarró de la mano y dijo que te tocaba a ti y que eras mi mujer... Echada, no me acuerdo en qué otra ocasión he temblado más, me movía como un perro al que van a inyectar, avizorando la muerte en la espantosa jeringa que Patricio acercaba ya a mi pierna... era tibia y sucia, lo más asqueroso posible, un juntamiento de pieles sudorosas, resbalosas. Dios me devolvió la fuerza, la rebelión contra la blasfemia de la carne, el renacimiento del orden interno, aventé al primo poderosa y con el calzón de niña en la mano salí destapada de la cámara de tortura ultrajante. Almita desesperada la mía, la llevé a rastras por la casa hasta el último huerto, donde no hay nadie, ni los perros. Lloré sentada en el suelo meciéndome en el consuelo de la cuna... estaba deshonrada para siempre jamás, me expulsarían de la sociedad, iba a caminar por los campos como los leprosos de mis libros, sonando una campana de mi indignidad. No tenía ya perdón ni salvación, había muerto en plena juventud a los diez años.

Pero hay olvidos mágicos en los años párvulos, actos que se pierden en los oficios del crecimiento, el estudio y los descubrimientos. Al sentarme a merendar con todos los míos nada había pasado. Las tías implantaban sus cónclaves dominicales imprecando a las sirvientas y al tío que metido en el periódico era para mí Robinson solitario en la isla desierta. Oídos sordos lección de indiferencia, imposición muda de ser el hombre de la casa, ajeno a los llamados de buena educación. Los muchachos se peleaban por el pan dulce, el de cerveza, la nata acabadita de sacar de los peroles de leche. Aurora iba untando mermelada de grosella con inaudita parsimonia en su bizcocho sin voltear ni tantito la cara a Patricio o a mí. No había pasado nada... "Que no había pasado nada..."

Nunca en nuestras vidas hablamos de este tumulto.

II

Tener una casa suntuosa, admirancia de los pasajeros del camión urbano que sube y baja por el arroyo dando tumbos y flatos pestíferos, siquiera ornamentada con bardas de cantera y no la pobre reja insertada en los basamentos sin estatuas que mereciera, si no de marfil, siquiera de piedra.

Las niñas, alargadas las piernas, semiechadas en los escalones de la terraza, imaginan el lujo asorpresante que sería para los habitantes de la ciudad el par de esculturas, unas mujeres desnudas en pose de danzar... se correría la voz y las Santamaría iban a ser envidiadas... Y si era así por fuera la casa, ¿cómo la interioridad?, haz de cuenta la mansión de los Santillana y Gordoa... después de todo las chicas eran también de familia que fue pudiente, y allí estaban los muebles de la abuela Clotilde, los gobelinos y la vajilla con las iniciales y los números chinos en el envés. El pensamiento recurrente de la posesión ansiada se detiene en su propia gente: las doce hermanas Santamaría, casadas todas, menos la más vieja, solterona, Adolfina, la Nena, sin suerte del divino don por ser bemba, sandía, mema, gordinflona e inocente.

Una de las niñas que contempla el brillo de sus muslos requemados de oro bruñido, con los vellos rubios, pasa las manos a lo largo y el pelo le resbala hasta las rodillas. Prefiere no pensar en la tía Nena a fondo jamás; hay un recuerdo brumoso nocturno, oscuro, acuchillado por la rueda de un lucerón de una lámpara del buró que instantáneamente la sobresalta y no consigue borrar de inmediato sin que llegue a ver obligatoriamente al padre acostado y la tía Nena de pie susurrando pero no se lo dirás a Clotilde... y el ¡ándale! urgido del hombre.

Las niñas están en la mitad de los prolegómenos que anteceden al juego de la tarde invernal. Son vacaciones y acaban de comer. La tarde recién empezada, sol y resolana se confunden ardorosos de flamas, tuestan las piernas infantiles. Las niñas optan por la existencia ligera, no hay terror digestivo, pequeñas sin dolores injuriosos del tiempo, corren al fin a los pedestales y los trepan como gatos, se paran cada una en su respectivo altar y empiezan el gran ensayo de las estampas vivas de cal y canto.

Cada tarde las figuras cambian, ora son de brazos en paréntesis graciosos sobre la cabeza y los pies tratando de estar en puntas sostienen sus cuerpecitos tenues, ora se inclinan las estatuas rindiéndose pleitesía en una sola pierna y la otra al aire, bandera, pendón de la Pavlova provinciana. El ruido camioneril rompe la calma de los jardines solariegos, turba el suave caer de las chirimoyas y los nísperos y pita, rechina, raya la tardadura del día; la gente pasajera vuelve el perfil para ver a las muchachitas, hay quizá sorpresa en fuereños, risa en viejos amargos, complicidad de chicos ociosos. Nada desanima a las niñas que juegan a engalanar su casa durante el mes de diciembre.

El tío Damián resistió durante un buen tiempo la petición primero y luego la demanda urgente de las niñas para que mandara hacer dos esculturas de lo que fueran, mejor en fierro duro, que representaran bailarinas y vistieran así; como quien dice, las bases del portón. El tío conocía a un compañero de escuela dedicado a esculpir santos de iglesia y últimamente hacedor de animales y otros transeúntes: ángeles y leones, señoras con odres agujereados que echaban el chorro de agua a la fuente municipal, cocodrilos y bustos de héroes y hasta un hidalgo ecuestre quién sabe por qué con sombrero Tardán. Es decir que de la madera pasó al bronce respondiendo al auge aparente de las minas y los gobiernos. Pensó en él, y al tío no le pareció mala idea usar sus servicios. Un buen día tomó el tren a Cortazar para hablar del posible trabajo. El artista llenóse de satisfacción, ya se ve que nada agrada más que el respeto de un amigo antiguo, reacia ofrenda a la obra propia. Para hacer más barato el trato propuso copiar a Euterpe y a Diana que acababa de entregar a un teatro pueblerino pero especializado en contratar a los mejores cantantes de ópera que llegaban a la ciudad de México. Damián contempló las musas empepladas que mucho le gustaron desde el estreno al que asistió con su mujer y oyeron Carmen de Bizet y el propio escultor los llevó luego a verlas. Pero las niñas querían a la Pavlova, dijo la tía Otilia que tuvo el deber matrimonial de aceptar el precio y la sustitución. El hombre es cuerdo, la mujer no sabe. Damián dijo sí y rogó a su esposa no decirles nada a las niñas quienes siguieron repitiendo el juego de las estatuas de marfil —¡ojalá!— encima de soportes.

Lo malo es que al ir creciendo las chiquillas un cierto hastío se les metió dentro aún sin confesárselo la una a la otra; ocurrió al desgastárseles las poses y a que además a nadie le producían algo, gritos, aplausos, saludos, como antes. Desanimadas se dijeron si eso era todo. Las modelos de los pasajeros optaron por renovarse o cambiar de giro. ¿Y si convencemos a la Nena de que suba?... ¡Imposible, es un tonel!, ¿cómo la treparíamos, y en qué escalera que la aguante?... Sí es cierto, ambas dijeron tristeando y relamiéndose de la oportunidad dificultosa... ¿Te imaginas al mastodonte allá arriba vestido de negro?... Con irla empujando poco a poco, pero ¿y la bajada?... No importa, luego pensamos, ahorita lo que cuenta es conquistarla...

—¿Nena... no te gustaría, fíjate bien, jugar con nosotras a las estatuas, estatuas...? Los ojos verdiosos de la anciana se llenaron de niños que jugaban dentro de ella, pobre vieja-nana, cuidadora sin sueldo, servidora para lo que fuese y mandasen sus hermanas, cuñados y sobrinos. Sí, sí, ¿y cómo le hacemos? Esas columnas están muy altas, y si me caigo se enoja Felita mi hermana... no, la mera verdad mejor no... Ya ahorita no es tiempo, tía, ya se acabó la tarde y el chiste es que te dé el sol para que brilles con la luz y luego te pongas colorada en el crepúsculo y ya de noche parezcas más estatua y hasta te aplaudan ¿no? Las niñas esperaron precavidas al domingo en que irremisiblemente los tíos se iban al cine. Fingieron no querer ir... ¿qué están enfermas?... ¡qué raro, hoy ponen la película de Freddie Bartolomew que tanta lata dan con él!... ¿De veras se van a quedar?, ¿a qué?... fingieron increíble flojera de salir, prisa de terminar una novelucha que leían a veces en la azotea mordiendo membrillos verdes con sal, y alegaron que estaban hartas de ver películas desde los mismos lugares hasta la muerte. Las familias de entonces poseían, por decirlo de tal modo, butacas apartadas por la costumbre y que nadie osaba ocupar aun con su consentimiento, témporas de calma chicha, pueblos recoletos, sin peloteras, donde no pasaba nada en la provincia, cuando más un pétalo que se desprendía de la rosa del búcaro de la repisa donde abría los brazos el Sagrado Corazón de manto rojo, esculpido por el amigo cortazariano. Clarísimos años transparentes, impalpables en sucesos y ricos en chismes, de largos días asoleados o lluviosas semanas veladas sin parar, de inundaciones fragorosas tan bellas que los daños al campo no importaban por el enclaustramiento obligado a los niños y a las niñas que se veían obligados a jugar juntos, y una de ellas a leer más y a gusto horas enteras, por lo que sus primos decían que hablaba como en novela pero sin pasta, vicio crecido en las numerosas enfermedades que le llegaban como los diluvios anualmente, las que significaban cama sin miramientos de tiempo, torturada con tizanas calientes, elíxires, inyecciones de calcio que la hacía lava ardorosa por dentro, torrente de lumbre, tomando polvos en agua que vaciaban de papelitos de china, doblados y con dibujos descoloridos, condenada a la abstinencia de la comida, a pan y agua y fiebre de pesadillas. Si no tenía calenturón que la dormía y olvidaba así el hambre, leía. La niña recuerda con amor aún ahora a la nana Enedina, robadora empecinada de los bolillos a los que arrancaba las chichitas para la enfermita, que los devoraba, los roía bajo las cobijas. Eran las dietas de antes para todo mal, al grado que en la convalecencia la llevaban en andas aprendiendo a caminar, amarilla, flaca y con los ojos cuadrados. Son las únicas oportunidades en que la niña sintió la compasión de los primos, cabales la acompañaban dejando pasar la tarde sin saludarla siquiera, callados, atentos a sus quejiditos. Los podios de la entrada de la casa, vacíos avisaban a los pasajeros de los camiones que la muchachita seguía grave o estable —lo sabían por consejas— o recuperándose al verla sentadita en un sillón de mimbre en la terraza, toda cubierta de ponchos peludos... leyendo. Un buen día retornaban al juego de las estatuas ella y la prima y todo volvía a estar en paz.

El caso es que la Nena y sus mil años, ¿cuántos tendría...?, ¿sesenta y cinco...?, se volvieron una monserga de kilos; con hipopotámicos empeños alcanzaba el asiento de atrás del auto —"la cubre asientos"— para ir a misa a la parroquia, de vez en cuando al cine, al doctor a revisarle el corazón sitiado por la carne y el resuello silbante. Debió dejar de comer hacía años... pero si la pobre no tenía otro placer, no pecaba en nada y si llegó a la madriguera del deseo nada más obligada por su cuñado la famosa noche en que Clo viajó a México, a fuerzas si bien se mira: la Nena se acordaba más de las galletas que iba a robar a la alacena y no alcanzó, detenida en el camino por el cuñado alerta.

Al pie de la escalera de mano e intentando poner un pie en el travesaño y elevar el otro así, poco a poco y a empellones de las niñas que le abollaban las nalgas bamboleantes, la visión de la gorda era impensada, como un pedregal vivo inconcebible, arbitrario de formas. Las niñas se doblaban de risa libres de la vigilancia de las nanas y con los papás lejos muy quitados de la pena pensándolas dormidas, vigiladas por la Nena que para eso era. Botijona y tripuda se bamboleaba caprichosamente agarrada de los pasamanos y campaneándose en los barrotes que ojalá no se quebraran en una de esas con tamaño tonelaje de la oronda viejuca inflada. Tardaron en lograr el arribo de la tía; encaramadas en sillas la urgían a levantar las piernonas, jamones mofletudos, para hincarse al fin en la loza de cantera y pianpianito pararse. No era posible aguantar la risa con la cantolleana mero arriba. La adiposa humanidad de luto, olorosa por el esfuerzo y los sofocamientos.

Bueno, tía Nena, ahora levanta los brazos así... No puedo porque, y si me caigo... No te va a pasar nada... Siempre me dicen lo mismo... Nosotros te detenemos... Ándale, ahí viene ya el camión...

La infeliz intentó llevar sus brazos a la cabeza como si sostuviera una tranca. Era más bien una cariátide carrilluda monstruosa, una mole que un día haría famoso a un artista colombiano, e iba a consagrar al mexicano creador de la escultura La Giganta; Nenita anciana llena de bolas, senos, panzas, vaca forrada más allá de toda mesura y buen gusto, apenas antes intentadas por Maillol en damas pasadas de peso que asustaron a la sociedad de buenas costumbres, y que hoy esperpénticas lucen sus orondas rechoncheces de obras artísticas en los museos del mundo.

La Nena imitó delirante y lastimosa lo que las niñas le ordenaban, y romeros del camión ahora sí entraron en la estupefacción del espectáculo nunca visto, zurreador de comparaciones, contundente, nomás faltaba un tricornio... Las niñas no salían del gozo y comprendieron que habían encontrado el Santo Grial de la diversión, la novísima bandera que sacar en la guerra del aburrimiento, al fin la Nena daba con la razón de ser de las tres. Le subieron una silla a la plataforma para que se aplastara textualmente, pues a la hora de hacer payasadas la Nena mostraba una fatiga azotadora y martilleaba chillando la ya cercana noche y con que ya se quería bajar. En eso empezó a llover y las chicas se asustaron ¿y ahora qué? ya va a acabar la película, luego van al casino a cenar y estarán aquí para la Hora Nacional que empieza a las nueve por el radio... ¡Trae el paraguas y a ver cómo la bajamos!... La Nena lloraba, lo oscuro no tenía excusa, nada más las envolvió de plano; por fortuna sin luna la petacona se distinguía poco; desde pararse le era exacerbante ya que carecía de fuerzas, de energía y de voluntad. No alcanzaba simplemente a ponerse de pie, y las niñas estaban aterradas. Una de ellas corrió por la cortina de Semana Santa que moradísima tapaba el altar y su mamá religiosamente colgaba y guardaba el Sábado de Gloria. Le dijeron a la Nena que aguantara, sobre el paraguas el trapo cayó rozando el suelo y ocultando estatua y soporte. La Nena se apremiaba llena de mocos asustada. Las niñas escondieron la escalera y le dijeron a la tía que esperara sin moverse a que los tíos volvieran y durmiesen y se encomendaron a Dios para que en la penumbra no se dieran cuenta al pasar por la terraza rumbo a la recámara, después de dejar el auto en el garaje, que no vieran el nuevo asentamiento fúnebre a la entrada de la casa. Amenazaron a la Nena fustigante clamando por hacer pipí... O se callaba o la iban a dejar allí para la eternidad hasta que se volviera momia y sin comer ni una galletita de mantequilla, ni un mamón, ni un mollete, ni sus tacos de nata. Le dijeron que se meara si ya le ganaba, que sorbiera las lágrimas, no hablara, y que los fanales que se acercaban eran del coche de los tíos y que se iban a acostar y regresarían a media noche para el descendimiento del cuerpo, a propósito, le reiteraron... riéndose.

Metidas en la cama fingieron dormir con los ojos bien apretados. La tía Ofelia se calmó pues había estado muy nerviosa en el cine y por eso no quiso cenar, ni siquiera tomar un chocolate que se permitía los domingos. La Hora Nacional vociferante y esplendorosa informaba de planes gubernamentales que oía Ofelia desanimada, hasta que a continuación cantaba Mercedes Caraza, de quien el tío estaba secretamente enamorado, la soprano hacía mancuerna con el doctor Ortiz Tirado, y la transmisión agarraba fuerza. A las once y media la casa fue arropándose en el silencio como una ciudad después de la guerra. Los perros dormidos en la terraza ni movían una pata a pesar de que oían los sollozos de la Nena ¿a quién iban a ladrarle? Las niñas alertas se levantaron, y como grillos sin estridular, atravesaron la recámara de los tíos que cavernosos roncaban. La luz de la mesilla de noche las iluminó a la pasada: traían suéter y zapatos... la tía las descubrió ¿a dónde iban?... dijeron que hacía frío, que la lluvia, que a hacer pipí y se pusieron a llorar. La tía se conmovió y a cierto regañadientes las acompañó al cuarto de baño, les lavó las mananecitas, las besó y como amasaba los pasteles fue manoteándolas sobre las cobijas dándoles buenos deseos y la bendición. Las niñas con sus ángeles de la guarda revoloteándoles encima zozobraron en el sueño como los árboles de la huerta, empapados y negros, como los pájaros, las magnolias y los manzanos. Ya casi no era domingo.

La Nena resistió palurda, entumecida, lamentosa, llena de ganas de todo. Espectro garrafal, era un costal, una redoma que dormía por ratos y la desperezaba el congelamiento y el miedo. Las contadas ideas de su cabeza rebotaron dentro, el velado rostro de su padre pasó instantáneamente, el de su madre no, porque murió al echarla a este mundo cruel, la misericordia de la sonrisa de su madrastra que la recibió chiquilla y taranta, adoptándola dadivosa la joven muchacha a la que casaron con un hombre cuarenta años más viejo que ella, y a quien le iba a dar once hijas al hilo, lo que produjo la entrega de la Nena a sus medio hermanas a las que les otorgó su posición materna, su estrategia de nana-solterona y luego tía-nana, pues su destino lo calcó repetido en sus sobrinos abusivos y desobedientes. La Nena, fea como pegarle a Dios en Viernes Santo, nada más la brusquedad de plastilina de la cara se la suavizaba los ojos verdiosos con puntitos amarillos de bondad y poquísima entendedera; por ejemplo no comprendía su heredado deseo ¿a santo de qué?, casta y célibe ni siquiera luchó contra la tara. En el tránsito de estatua soportando ya amaneciendo, olvidó a sus muchos perros que quiso como a su familia, seguidores de sus hermanas y sobrinos e ingratos sin falta. Ella no podía subir a los árboles y ser ladrada dos horas por los pencachos obstinados de la ceremonia, ni echarse al agua del estanque seguida por el perrerío idolatrado. Se le fue borrando el roce en su pecho de las manos de un amigo de su padre que la testereó sin querer una vez en que le rogó la ayudara a sentarse en el columpio del árbol de las nueces y que provocó una lluvia de frutitos y las carcajadas sobre las cabezas. No pensó siquiera a la hora de su cercana muerte en los banquetes luminosos de onomásticos y cumpleaños, donde la dejaban atrancarse de lo que engorda, o la vez en que le dio una chupada al cigarro de su cuñado, el que más le gustaba por guapo, rubio, buen conversador y mal bebedor, y la vasquiña que la acometió digna de un mandadero. Su lamentable ansiedad de ser querida, de cumplir con las leyes católicas, de leer trabajosamente las oraciones, de remendar y bordar ropa de toda índole para las generaciones, esperar paciente como animalito los regalos de Navidad, las burlas de los muchachos porque caminaba idéntica a pato, gorda patosa pues, hongo, mueble antiguo, sillón de balancín, carretilla al revés, jaula de pericos, tragaluz sin tapar... Su amor por los escuincles criados, devota, alegre... El intuido presentimiento de la orfandad al morir su padre durante la visita mensual a la mina, director que era de la Casa de Moneda del estado, el deslizarse por la progenie ajena, y los caeres escasos en el pecado mortal, sin perdón de Dios, con el cuñado que después de todo la mantenía. Así la muerte llegó sin provocaciones, como la edad que avanza prolija y no hay milagro que la detenga, simplemente vejez y muerte allí estaban, sin oraciones ni despedidas ni sábanas blancas terapéuticas y disimuladoras de los malos olores conducentes. Ni siquiera fue inoportuna la calaca... durmió a la víctima en su silla nada gestatoria, y poco a poco fue derrumbándose, como el malacate dentro de la mina que arrastró al aplastamiento a su padre. Igual, impensada ¡zas!, ya estaba la muerte, negra como el paraguas y sus vestidos y su ínfimo destino. Fue un ratito estatua, como las niñas y sus posturas, como las que iba a mandar hacer el cuñado a Cortazar. No presenciaría el revuelo de las cajas con las musas o lo que fueran, llegando a la casa otra tarde de invierno, y cómo sin sacarlas de los empaques, arrumbadas y maldecidas, las arrinconaron en el cuarto de los trebejos para que nadie las viera, ni la gente de los camiones, no fueran a pensar que las colocaban en los zócalos como en un panteón convertida la casa de los Santamaría donde se murió la pobre tía recogida sin que nadie se apercibiera de que estaba fuera de su cama en el festín del abandono. Nadie más volvió a jugar a nada en la entrada, lo digo yo y lo cuento ahora porque soy la culpable de haber subido a mi dulce tía a la muerte en el estúpido juego de llamar la atención. Soy culpable, me acuso, y de castigo hoy, vieja como ella y con la maldición de la inteligencia, sola y sin marido, condenada en la Tierra a ser elefante rumbo al panteón, preguntándome farragosa y repetitiva si esto es la edad, cuando apenas ayer éramos tan niños.

Carmen Parra

III

Isaías Fontanero fue el niño más inteligente del grupo de los primos; un cierto aire meditabundo y nostálgico lo hacía sobresalir en sus calladurías, entre caídas de las ramas de los árboles, correteadas por el cerro seguidos de los perros, baños en la pileta en el verano, y las tantas cosas bonitas de la niñez que hacían los muchachos acompañados de sus ángeles de la guarda, que a mí me parecían visibles materialmente, como sombras blancas detrás de cada uno. Los ángeles de entonces, probablemente formaban parte de órdenes celestiales menores, con más inocencia, menos modelados en la militancia del cielo, sin la rigidez de los contemporáneos, los de ahora, que saben de teología y manejan computadoras sin pestañear. Iban por la Tierra los ángeles dejándose ver, poseían sentido del humor y la debida misericordia comprensiva como para permitir que sus niños cuidados cometieran actos pecaminosos sin intervenir en sus conciencias porque la libertad angelical que no habían perdido aún memoriosos, les avisaba que más vale un pecado venial sin restricciones, o peor te la cuento, mortal, para que aprendieran, que volverse medrosos y quizás impotentes cuando fueran grandes. Además esos ángeles recién salidos de los ejércitos no echaban en cara la presunción de sus superiores, generales doctorados de Dios, acuartelados en pequeñas galaxias rodeadas de gigantescos silencios, algunas ya inexistentes en la realidad por haberse extinguido en el devenir de los siglos, pero que por mirarse cintilar desde la Tierra parecen reales; el Señor les había dado el derecho de aparentar ser en el espejismo del pasado, como llamas reflejadas en un cristal, en el mar, o en el charol de los zapatos de los domingos de los niños. Nuestros ángeles adolecían de imperfecciones casi humanas, sabían decir mentiras, comer fruta verde con sal, robarse las galletas de la alacena en la noche, y desear como los adultos a otro semejante; o de los juegos debajo de la cama a mediodía, cuando la casa es más sorda y adormecida y los muebles dan la idea de estar esperando la hora de la comida, antes de llegar los tíos de los bufetes, los consultorios, las gerencias de las minas, las presidencias municipales, los tribunales de justicia, los palacios legislativos, y en último caso del casino, donde se echaban un tancuarnís de pasada... antes del sonido de la campana y los gritos de la tía que llamaban a sentarse a la mesa con las manos lavadas y el pelo bien alisado... sabían de aquellos toques eléctricos en los rincones donde las primas descubrían un extraño mundo de sensaciones prohibidas, sinuosas, incomparables, a veces hasta con los primos, todo ello ignorado por los ángeles con cautela, distrayéndose mirando desde el balcón pasar a la gente rumbo a sus casas, la pobre gentedad sin malos pensamientos y arrastrando a sus astrosos ángeles hartos de la mediocridad de sus vigilados a los cuales ya ni echarles ojo valía, pues o no pecaban como se debe, con la carne que era lo mero principal, o portaban tal vileza inmunda que los ángeles lo único anhelado por ellos era que los sujetos estiraran la pata, para ser comisionados en un nuevo trabajo de guarda almas que los divirtiera por lo menos... no era mucho pedir.

Ser ángel significa hacer una labor de tiempo completo, de infinita fatiga, y es que ser juez cansa al más pintado, y los infractores de la moral no abundan, ni la grandeza de permitir todavía batallas memorables de su guardián, verdaderas guerras de conciencia que derrotaran a Lucifer, el contendiente. El mundo se ha relajado en tonos opacos alejado de las tentaciones, al grado tal que los suntuosos pecados de antes, las maldades cortesanas abundantes en uniones lujuriosas, muertes por veneno, golpizas infames en los traspatios, fusilamientos operísticos o traiciones a mansalva con miradas de soslayo y sudores fríos, habían prácticamente pasado a la historia. Ahora se nacía maldito a medias, sin interrogantes, con ángeles adjuntos humillados de su de por sí (como decíamos los chiquillos), sucios y pestilentes, sin roces culturales porque ya nadie leía nada y por ende los retos del Index y los autores censurados eran un mito genial. Y las discusiones antiguas en la anunciación o final del día, las piedras de escándalo de las palabras, hasta los ejercicios espirituales, habían cesado. Ya nadie quería casarse por la Iglesia, solamente los sacerdotes, lo cual era el colmo del desaseo. Robar se convirtió en fijación sin importancia, que no pecado, mentir, engañar, traicionar; todos iban de acuerdo con el rito de la respiración. ¿Quién hacía sacrificios en la infancia para ofrecérselos a la Virgen el mes de mayo? Escoger entre las ricas placeradas y las privaciones era considerado el resultado de genes estúpidos. La cosa consistía en hacer lo que la real gana dictara; había premura, prisa irresponsable que ensuciaba las túnicas albas de los ángeles, disfrazándolos de mendigos o niños de la calle, de teporochos o intérpretes de rock. La más granada lamentación de los alados consistía en deplorar no ser mejor ángeles de la guarda de los animales, los únicos y últimos seres puros en el planeta en el cual se ganaba la entrada a círculos más conspicuos y elevados después de la muerte.

Isaías Fontanero a sus diez años se concretó a estudiar como si perteneciera a otro siglo, aunque no desdeñaba ni mucho menos la compañía de mis primos con su bullicio, su picante sentido de la aventura y la fuerza de los jóvenes cuerpos de gladiadores en los juegos y excursiones más descabellados. El ángel de la guarda de Isaías por lo menos competía en esas ocasiones con sus colegas para que no se derrumbara el chiquillo desde la alta cresta de la montaña, o no se excediera en el ingerimiento de tunas que efectiblemente llevaban la penitencia de una congestión o tifoidea arriesgada entonces sin antibióticos. Los ángeles le pedían al altísimo que la glotonería fuese indicio de imaginación y los hiciera, a sus pecadores, de carne y hueso al crecer, y bajo sus égidas vencedores de causas perdidas, como el deseo, siempre el deseo de la carne, acompañado a veces de enfermedades venéreas las que a tantos parientes de Isaías y los demás habían llevado a la tumba, ocultando la terrible vergüenza aquejadora de podridos soberanos, monjas y curas réprobos.

Isaías Fontanero gozó en verdad muchos dones y felicidades con mis primos, por ellos supo de la competencia en el terreno que fuera: nadar, correr, trepar o besar a la prima. Aún así, le gustaba más que cualquier otra fiesta ir a la presa mayor de la ciudad a pensar en el mar, como era práctica común de los habitantes tocados por la locura marítima de los montañeses, e igual a los porteños ansiosos de pelarse a la sierra. El agua café le daba tal serenidad que la añadía a su tristeza habitual. Allí estudiar le era más fácil y le entraban las materias más aprisa; creyó siempre que se lo debía a la placidez y a la soledad, al abandono de paseantes ya fuera en la mañana o en la tarde. En los festejos anuales, si de remar se trataba, o ganar compitiendo a nado, el niño alcanzó los honores repetidos, al grado del desánimo en sus amigos contrincantes los que no obstante le vitoreaban con ruidos, palmas y chiflidos, después de todo formaba parte del grupo y eso compensaba el saber de antemano que no había otro mejor ni en la escuela ni en los deportes.

Lo que nadie sospechaba es la ayuda arcangélica de su ángel de la guarda su dulce compañía, que no lo desamparaba ni de noche ni de día. Isaías es de los pocos niños en el planeta que tenía tratos continuos con su ángel, dialogaba con él a toda hora, y su conversa llegó a adquirir la complicidad en los exámenes y en el deporte, que dominó gracias a que el ángel tuvo una vida real magnífica en Amsterdam, donde hizo entre otras las prácticas de buceo y natación, además de ser un marino holandés consumado.

El ángel, a quien Isaías le decía Lívido, por haberlo visualizado una noche todo lila y plata, como un torero divino, pleno de luces y brillores y de rostro pálido tal si estuviera asustado en las infiniteses. Así, Lívido se convirtió en un guardián real y absoluto, ganador de la buena conducta y los dieces de Isaías. Hay que insistir en que Lívido había conseguido recuperar el don humorístico y juntos, patrón y súbdito, reían de continuo. Se llevaban mejor que nadie en la Tierra, eran cuatísimos. Y como Isaías y Lívido estaban tan unidos y les era grato hablarse, la gente tachaba al chico de loquito manso, y se reía de él siempre hablando solo, ya que por lógica no veía al interlocutor y menos lo oía, y es que cada ser humano tiene el exclusivo derecho de comunicación con su respectivo ángel y con ningún otro, inexistente además en la aplastante suma de pecadores, todos mudos y sordos, desangelados, digamos. Por ello Lívido valoraba a plenitud los alcances de su amistad con Isaías... el Señor iba a estar muy satisfecho cuando le rindiera cuentas.

A la orilla de la presa ambos se oían mejor, y era tan placentera la experiencia que Isaías tornóse más solitario. Yo me acuerdo de él, íngrimo y silencio; entre los chicos de entonces era el que más me atraía. Su persona aquietaba, su saber daba de comer, y su risa, tambor batiente, ruedita de molino, mañaneaba la vida. Nunca usaba lugares comunes en la plática, ni latiguillos como tuercas en el pastel, sino que echaba las ideas a la cabeza con voz suave casi cantando.

Su adoración se situaba en su padre, un doctor celebérrimo y alcohólico, maestro de la Escuela de Medicina y quien a pesar de su manivela vinolenta, su marginación de la sociedad, conservaba el crédito intocable del que salva vidas y es el acertado y mejor diagnosticador de la comarca. No andaba entre enemigos porque carecía de ellos, quiero decir que nadie le pisaba los talones en beber y mutismo. Buen viejo, era un cincuentón de contrapeso en apostura. Cualquiera sabía que estaba liado con señora, pero o se ignoraban fingiendo los generales de la misma, o siguiendo la vocación del lugar se aplicaba ignorancia o de veras, de tan pasado el enqueridamiento, ya ni habladas conseguía. Por supuesto ella era la única culpable en el juicio emitido del entercamiento amoroso del doctor Fontanero. A propósito, del hombre quedaba muy poco de su ángel de la guarda, del espíritu celestial enviado por Dios a darle misericordia y salvación. El infeliz seráfico derrotado y envilecido no se daba ya cuenta de que tenía el deber de una "dulce compañía", y viajaba en el irrespetuoso papel de contlapache igualado, en el olvido de sus órdenes como mensajero vigía y contendiente del diablo que era legión, de lo que le obligaba a ser ángel, no porque así se llamara por capricho, sino de oficio y ministerio. Su naturaleza era angelical nada más, olvidó las prohibiciones irrestrictas de entrarle al trago, y si llegara por una alegoría por así decirlo a tener sed, sólo agua de ángeles de suavísimo olor debería tomar.

El ángel del doctor Fontanero se dejó ganar la partida, cayó de angelito, en lugar de, como el ángel de Isaías, nadar de angelito. Pese a haber llegado a partiquino lastimoso, sentíase muy orgulloso del doctor cada vez que a su lado salvaba a un paciente, y como esto sucedía de continuo, se le pasó el tiempo con él, entrándole al rojo de Borgoña, a la agüita de la sierra o al tequila reposado, con gran alegría. No quiero decir que abriera la boca y le resbalara de a de veras por el gaznate el espirituoso, sino que todo era acá arriba, donde los criados del creador llevamos en la cabeza cosas de la loca de la casa, pero que alcoholicadas se subían... haga usted de cuenta una borrachera muy bien acentuada. El doctor supo conscientemente de su ángel —lo que heredó a su hijo— a la mejor desde recién nacido, con la desventaja de no haber entre ambos el filón del humor, del sarcasmo, la mordacidad que Isaías poseía con Lívido. Con ellos no hubo ni pugna ni porfía, parecían un viejo matrimonio acedo, por eso la embriaguez se les hizo normalidad compartida, después de todo estaban seguros del olvido de Dios, a veces sólo percibían sus resuellos cuando Fontanero paraba al paralítico, o a la parturienta sietemesina le sacaba un producto rechoncho como de nueve meses adulto, y así.

Un enigma impenetrable para los teólogos o angelólogos es la frontera del ejercicio propiamente dicho de mandar, y la manera en que lo alcanzan, o el desobedecer, el cómo y el porqué; a qué se debe que algunos humanos se doblan con las ordenanzas del ángel y se convierten en sus rodrigones y provocan que el inmaculado pierda bondad, respetabilidad y mando apretado por los restos evocadores de cuando era hombre (aquí valga una aclaración: digo hombre, porque no hay ángelas, otra de las discriminaciones divinas en contra de sus criaturas más redondeadas. A excepción de una estatua de ángela que hay en México, y a la cual el pueblo misógino le dice "Ángel"), y domina entonces impiadoso al niño o niña que de este modo nunca adquiere el mentado criterio, el libre albedrío, el coraje de la libertad, la ética de la indignación y no accede a la santidad, estado humano ideal para el ángel cuidadoso que se echa entonces a la bartola y ya no da una, pero no así para el Señor, que prefiere las tolvaneras de las tentaciones. Más complace a Dios un perjuro, relapso, o una cortesana descocada, que los zoquetes querubes de entre rezos y candores memos. A Él le repugnan tantas tranquilidades, lo hastían; en cambio un infecto y pestilente pecador llama su atención y lo hace observar las acciones del ángel mandado a la Tierra a guiar, no a aniquilar. Es entonces cuando se siente Dios en la gloria, revienta de gozo con el lujuriante, el fornicio y la barraganería, los que en ellos caen porque bien sabe que son los dueños del reino de los cielos.

Isaías Fontanero había sido introducido en el programa de los sabios pecadores, y si lo alcanzaba con éxito poseería ya lugar a los pies de Dios, en la bastilla de sus enaguas, junto a los mejores animales creados y cuyos sufrimientos los hicieron dignos de calentarle las extremidades en tiempos de ventiscas cósmicas. Nada más un titubeo, un parpadear a destiempo, un intento de traición de parte del asignado a la santidad por el camino intrincado del pecado, o un trastabilleo de su ángel, para liquidar la casi otorgada entrada al paraíso.

Isaías y su ángel pues, intuían que algo allá arriba marchaba sobre ruedas, y lo celebraban a carcajadas y estudio frente a la presa, con el ángel atisbando por el hombro para saber más si posible fuera. La inquietud del niño únicamente se aposentaba como tarántula si veía a su padre tomado. En la noche, la ceremonia empezaba con las galas de la desesperación al sentirlo caminar dando tumbos y oír luego los gritos del briago en contra de todo, pegar manotazos en la puerta del cuarto de la madre encerrada a piedra y lodo, para llorar luego sentado a la orilla de la cama por los hijos que no tuvo en la legitimidad del matrimonio, y de lo bueno que le salió el único, y de la abundancia de los bastardos que ni a él se parecían; o por la irrebatibilidad de no poder irse del pueblo, por muy ciudad que fuera, sabiendo que el frenesí de bostezos, mediocridades, chismes e inquinas lidiadoras, idioteces cotidianas, lo iban a ayudar a ser entendido por Dios, y perdonado de sus impudicias y lascivias con la “otra mujer”, la del nombre jamás pronunciado y que vivía con el marido hipotético aunque real, llevándole niños recién nacidos engendrados por él, y el gran cornudo aceptaba el deshonor incapaz de dar la cara a tamaña ignominia, por el desahogo económico que le proporcionaba. El doctor Fontanero aullaba en su recámara, hasta ir agarrando el sueño casi al amanecer, si no es que tranqueaban el zaguán para que fuera a arrancar de la muerte a cualquier boqueante. En ese momento se le borraba como de magia el cuete y girito se iba en su fordcito a cumplir con el deber.

Isaías Fontanero estaba desayunando para salir rumbo a la escuela aquella mañana ominosa, cuando oyó a un arriero gritar desde la calle que el doctor flotaba en la presa y que corrieran a sacarlo. A zancadas voló media población sin esperar siquiera a su mamá, hasta distinguir desde lejos el cuerpo de su padre que ya jalaban con ganchos hombres y otros empujaban desde lanchas con mucho trabajo. El ángel a penas lo alcanzó, olvidado el pobre de usar las alas que más bien le estorbaban de lo pesadas que se habían vuelto.

Su amadísimo padre, su pa-pá, su héroe caído, más lívido que Lívido, exangüe en el suelo conservaba una dignidad estremecedora. Los ojos cerrados, la boca crispada inadmisible en un ahogado, como si el doctor negara así haber sido un campeón tragador. El traje intacto daba más bien aire de cera, de cartón, muy planchado, con la leontina sobre el chaleco, angélico el cadáver en su sueño de siempre jamás. El niño lo abrazó sollozando ronco, y Lívido aleteaba extrañamente junto a él. La escena se congeló al llegar la señora esposa y madre, la bien engañada, la suplantada, altiva reproducía extrañamente la inmovilidad de su marido, la falta de vida. Detenida junto a sus dos mundos, el doctor Fontanero e Isaías, no lloraba, hacía sentir a los demás que estaba entera y enterada, que lo sabía todo, y al fin iban a dejar de sentir la humillación, ella y él, ajenos a la sociedad, recobrados uno al otro.

Isaías Fontanero entró en un abatimiento aflictivo, como si él mismo se hubiera muerto. No pretendía enterarse del accidente, si el doctor se resbaló, si lo empujó un marido en la iracundia, o si la depresión lo alteró y cayó en el escotillón del suicidio. Alarmadísimo Lívido le recitaba en el oído derecho letanías que sólo le estaban reservadas a los arcángeles, llamóle su niño, su hermanito desterrado hijo de Eva, peregrino echado del paraíso, de los círculos del padre Dios, y más dueño del reino de los cielos por el dolor sin paliar, riguroso, que lo habitaba. Lívido murmuró consuelos futuros, donde las estrellas y los cometas son los juguetes de todos los días de fiesta, le dijo que ahora ya estaba bien el resto que le quedaba de vivir, porque nunca iba a abrigar tamaño desconsuelo. Lívido lloró con él por primera vez desde que aceptó, o mejor dicho obedeció el decreto del todopoderoso de anexársele a Isaías apenas salió de su madre y le cortaron el cordón umbilical. Ya no se acordaba con pelos y señales cuándo fue humano y lo hirieron como a Isaías; de lo que sí estaba seguro es de que su propio ausente ángel de la guarda había sido un estúpido calvinista convertido, y de allí la congoja de no haberlo dejado sentir nada nunca, de no verlo, del consuelo de ahora ser ángel él por sus trabajados méritos individuales, junto a la fe en Isaías que lo redimió. Cambió de color Lívido, del lila transparente al rijoso morado cuaresmal, y esa mutación distrajo un poco a Isaías y lo hizo sonreír y decirle: "te pareces al obispo Oñate..."

Las arcadas de pena retornaron peores al niño, se hizo ceniciento. Se pasaba las horas en la ribera de la presa pues ya no se sentaba en la barda, transido descendía al mero borde de la tierra, donde hubo mucho tiempo un desvencijado embarcadero. Yo iba a su lado y le hablaba a pasitos, como antes, para que me contara cosas de matemáticas —el dichoso arbolito de Newton— los misterios del álgebra, batallas célebres, vidas de héroes, y del libro que estaba leyendo y que me prestaba a regañadientes con mis campanas echadas al vuelo. No contestaba, parecía ermitaño, sin el son de la voz. Daba miedo. Ahora creo que Lívido al mismo tiempo me agradecía y me desalentaba, me corría. Isaías volvía el rostro a su hombro derecho y le decía "sí" o nada más "espérate". A la hora de la comida reculaba mi personita que así iniciaba los clásicos desastres de la incomunicación, los que me iban a convertir de grande en la oidora oficial de mis amigos hablantines y quisquillosos; como él imitaría al muchachito ido las mañanas enteras en que le susurré puerilidades de mi granero de consejas e inquietudes. Él, tirante y derechito, miraba la superficie olada con el viento, y al besarlo yo un estremecimiento se plagaba de olitas al decirme adiós pequeña, como si hubiera crecido ya y fuera un señor de edad, un segundo doctor Fontanero amable y cortés. Juro que hubo ocasiones en que creí distinguir una luz acerada a su lado y comprendo que Lívido fiel y perruno empezaba a impacientarse.

Isaías Fontanero se tiró una noche de luna a la presa con todo y Lívido que así prosiguió la camaradería fraterna aun a costa del implacable castigo que le iban a infligir por arroparlo en el suicidio, allá en la corte militar de dragones de la Virgen. Isaías apretujó sus bolsillos de piedras de esas de Virginia Woolf, ya que todos aceptamos, por estar leyendo estas leves memorias, que si algo supo Isaías, además de leer muchos idiomas, de tocar el piano como un ángel llamado Lívido, de empequeñecer su inteligencia para estar a nuestra altura de niños comunes y corrientes, fue nadar y bucear, por algo Lívido lo aleccionó con todas las de la ley.

Al velar su cuerpecito color canela trajeado de marinero, a pesar de que odiaba el disfraz, como le decía al uniforme de los varoncitos de mi infancia, puedo volver a jurar que vi y sentí y casi toqué a Lívido abrazado a su féretro, negándose a dejarlo como era ya su obligación, para acompañarlo solidario hasta el tribunal de Dios y recorrer juntos las inmensidades de lo desconocido antes de arribar al juicio que se nos tiene prometido. Lívido estaba dispuesto a declararse culpable por su culpa, por su gravísima culpa, con tal de que el niño Isaías Fontanero volviera a abrazar al doctor Fontanero obviando puertas y burocracias; bien sabía que el doctor había sido perdonado por el de la última palabra, cuya facultad es librarnos del infierno si acaso pecamos a la altura del libertinaje orgiástico y demás zarandajas, pero también llorado y gemido lo suficiente como para lavarnos las manchas del diablo, el proxeneta, el torpe.

Carmen Parra

IV

Estoy en un cuarto que no es redondo sentada a la mesa de burócratas titulados sin ánimo ni arrojo, repletos de seguridad, y por los temas que tocan, saben que han llegado a escalones denominados en la escala de Jacob: niveles. He intentado mi atención mirándolos a los ojos, a las bocas móviles, mas poco a poco vuelvo a mi pensamiento, a mi historia que me ha salvado a lo largo de los años del hastío constipado envolvente en las reuniones de los administradores. Huyo siempre con premura de la estupidez roma, estoy imposibilitada para caminar en la carrera de los dineros, la contabilidad, la precisión; encontrar en papeles llenos de números la falla, el entusiasmo, la imaginación para planear grandes obras banqueteras, hidráulicas, remoceadoras; hablar de baños relojeros de aguas negras, métodos nuevos para ventilar las pestes, extraer de las necesidades de los cuerpos el correspondiente dinero freudiano como su materia lo indica. No sé ni entiendo nada, me convenzo de mi menoridad y quisiera estar allá afuera en la tarde que tropieza y declina. Es cuando el cuarto y la casa empiezan a recordar vívidos lo que fueron hace cien años. Donde estamos probablemente era un cuarto de trebejos, por lo separado del edificio, por lo arrinconado, aunque las dos ventanas abiertas al tiempo, altos sus vanos con visillos antiguos, dejen ver la hermosura de la cercanía nocturna.

La providencia me regala esa distracción fortificante. La ventana de mi derecha, un puro cielo de tul gris en tonos velados contrastantes, es un grabado de Doré, y se antoja que aparezcan ángeles iridiscentes y rayas perfectísimas en el cielo para darle matiz bíblico. Es igualmente un saludo infantil de los dibujos de París atardeciendo, que de niña miré y remiré en la azotea de la casa de mi abuela, en la hoja vibrante de papel satinado y en el que me introducía con la misma hambre escapatoria de ahora. Quería estar en París con pasión muchos años antes de hacerlo realmente, y de allí cuán naturales me supieron monumentos, casas, esquinas, razones viajeras. París se me adelantó en las viejas revistas de los cosmológicos cuartos de arriba, donde me refugiaba entre canastos llenos de mueblecitos en miniatura que podía sacar e ir colocando en la casa de muñecas, trastes de porcelana de no creerse, aguamaniles donde cabía en toda su extensión mi dedo índice, camas con doseles, unos burós perfectamente idénticos a los de de veras, con la puerta al frente que se abría para dejar ver una bacinica liliputense. Había sombreros de copa y ruecas, reclinatorios y taburetes bordados por tatarabuelas hacendosas. Mis primos y yo pasamos la niñez en las huertas y en los cuartos de la azotea. Y cuando ellos se aburrieron, fueron las penumbras heridas por la luz incandescente de la ciudad colonial que entraba por la ventana mis compañeras de lectura solitaria y ensoñaciones.

En esta ventana, el mayor volumen gris pareciera que con la tinta disuelta va recobrando poco a poco lo oscuro, las nubes se ven muy fuertes y pesadas y son rotas a veces por inicios de relámpagos que se ceban y no prenden. Son como toses eléctricas sin declarar la ira. La ventana de enfrente ha ido metamorfoseándose hacia el azul cobalto, casi marino. Es un azul teatral, con la belleza atrás de la punta de un pino joven y fresco, lleno de savia, y que se menea con el aire atardeciente y va adquiriendo el verde oscuro muy pardo que lo acerca a mí en el movimiento y me hace sentir saludada. Va de un lado a otro airoso, donairoso, azul maduro con gotitas pálidas de amarillo; en el fondo árboles difuminados pero con las siluetas definidas parecen abrazarlo con sus copas rodeándolo a la distancia. Son cantos a Dios. Alabanzas gregorianas.

Pasan aviones, uno tras otro en ceremonia de aterrizaje y sonando muy concentrados rompiendo algo, la paz, e impidiendo que se oigan las voces inmóviles de emoción de los burócratas. Atraviesan los aviones el aire dando la impresión de velocidad frenada. Ya es azul marino definitivo el cielo, ya es la noche de Broadway en escenográfica comedia musical, y la ventana de la derecha adquirió el negro enlutado de los delfines. Exige la vista un mar abajo del pedazo que avellano, el mar sin estrellas después de la lluvia, pero sé que es un jardín irrelevante que nada tiene que ver con el que la señora de la casa de antes cuidaba como a sus ojos revisando las rosas, los alcatraces, los perterres de flores aromáticas y brillantes. Ineludiblemente el jardín de la dama ha sido traicionado, igual que yo en mi vida, nacida para que los juegos de niña fueran verdaderos, la lógica de poseer una familia, la naturalidad de la compañía del hombre mío y yo de él, de los muchos hijos. Hacer lo que mis tíos hicieron hora a hora y mis primos han realizado en sus casas solariegas provincianas y silencias. Aquí, en el cuarto de la tontería, distingo en mi mente la vida de la dueña ya muerta de la mansión, eso: dueña y señora que subía las escaleras levantando un poco su falda de principios de siglo, para atender las misiones de la hora de la merienda, a la que se preparaba en esta misma hora en que yo veo las dos ventanas. Las luces de los reflectores de los aviones me tocan como las de los faros. Hacen el trabajo de zapa de romper la uniformidad de la negritud, los fanales son custodiados por otros dos focos rojos que parpadean en las alas. La ciudad sube al negro de las dos ventanas y lo colorea de pintura roja sucia. Ya no es el cielo de la provincia ni de la costa, sino un enorme bostezo citadino que puja de alguna manera desde la garganta invisible. Es hora de irse a la cama del piso principal, a esperar al marido que bebe en el casino y busca en el chaleco los boletos del bataclán.

Estoy en mi cama, el domingo corre el tiempo más que entre semana, contraviniendo la lógica larga del descanso prometido. Si fuera joven cocería a fuego lento la melancolía yendo al pasado, recordando nada más los buenos momentos con un hombre inexistente: pensaría en el fuego de la chimenea en Ávila, la bruma de Chartres, el chillido intermitente de las grullas rusas, el minuto eléctrico de la duración amorosa. Hoy me resbalo en la lectura del periódico manchando las sábanas, encarbonándolas con la tinta como si impregnara el miedo por el mundo extinguiéndose, como si la malignidad pegajosa de los que vieron el secreto de las profecías empezara a ser verdad... ¡Ahí viene el caballito! alerta mi conciencia al colarse en la cabeza el sonido de las pezuñas castañuelas... Me resisto a asomarme a la ventana, ya sé que aparecerá en el arroyo el pobrecito animal jalando la carreta cargada a lo máximo, sé que veré de inmediato el freno hiriendo sus belfos y las comisuras sangrantes, adivinaré las herraduras gastadas de trotar todos los días más de diez horas, las llagas purulentas de sus lomos, sea mula, sea caballo, sea burro. Y encima de la carga irá el cochero injuriando al mártir que le da de comer. No obstante mi sufrimiento ante el dolor y la tortura del miserable negocio a tiro de sangre, me levanto a esperar la estampa antigua rediviva por el hambre del país. Aparece en la esquina dominada desde mi cuarto, la cabeza rotunda, blanca y llena del poder de un corcel, porque eso es, alto, nervioso la mueve impaciente retenida por las riendas de un caballerango que a pie lo guía —trac, trac, trac—, obligándolo a caminar por la banqueta como si fuera gente, emperador desterrado... ya está a la vista, entero y rotundo, con un pecho que late e hincha las venas relucientes en el albo resplandor que le imprime el sudor. El hombre que lo lleva contesta lo que pregunto a gritos: ¡a la alameda cercana para montarlo! El caballo es obligado a la obediencia de recorrer unos metros dando vuelta para que lo contemple en su alzada magistral; lo toco en la imaginación, lo mimo y abrazo y otra imagen entra a mi mente: el caballo tiene erección, un falo enorme le cuelga y balancea, y yo que creí que nada más las bestias del género asnar bajaban ese tubo viril, obsceno, mostrador de las ganas de pareja. Consigo no ver el aparato, es decir disimularlo concentrándome en las líneas del dibujo de Juan Soriano, sinuosas, femeninas y masculinas. La visión dura unos cinco minutos, el hombre dominando al caballo lo atraviesa y alcanza la otra esquina y desaparece con la hermosura semental. Lo soñé, estoy segura, nada igual en ningún domingo solitario; un ser que debió plegar sus alas de pegaso para adquirir la ciudadanía de finales de siglo XX. ¿Qué quiere decirme la visión? ¿El sexo, catapulta, lanza, contradicción, deseo, juntos en la naturalidad de la creación?

Es un sueño, lo juro, tengo que analizar mi fantasía. Me vuelvo a dormir y sueño, sí, que estoy dentro de un ojo ciclópeo con alguien que me solicita la ternura, nos baña una luz dorada que entra por la pupila y nos echa un planeta lejano al cual distinguimos como una naranja azul... la Tierra, pensamos a dúo y al mismo tiempo conectados en la condescendencia de lo que se sueña. El mundo mondo y lirondo gira y lo percibimos acodándonos ambos en la niña del ojo. De pronto sabemos que nuestra mirada se posa en un campo de mieses trigales meciéndose listas para la siega; empiezan a crecer altas hacia arriba y transmutan en el espacio y son verga alegórica, sinfónica, pan frutal, huele a horno, sacamos los brazos para tocarla y explota formando un hongo de lumbre.

Despierto.

Estoy soñando con el rostro de mi padre sonriendo porque lloro desasida en el desconsuelo al ir entrando en sus brazos al mar; el agua me moja los pies, ya medio cuerpo, ya los hombros. Transida de pánico quiero zafarme pero el miedo aumenta y me instalo en una especie de resignación que heredo de mi madre. Soy presa de un hombre que me aflige por amor y lo admito porque es su voluntad. Pego mi cara a la suya y sorbo las lágrimas saladas como el agua que nos salpica alegre. Mi padre empieza a cantar un aria de la *Traviatta* invitando a la vida misma a beber; siento su abrazo fuerte sosteniéndome y miro reconociéndolo su traje de baño de tirantes y pantaloncillo y el mío de una pieza también, que se pega a mis senitos iniciales, que me duelen más aún en la playa, la epifanía de mi próximo arribo a ser mujer y mi familia de los grandes no lo creía ¡cómo, si todavía no cumple once años! Mi padre va desprendiendo mi cuerpo de la tenaza poco a poco, del consuelo estrecho, lazo incomparable, anillo protector, bondadoso, invencible, que he buscado inútilmente mil años, en cada vida mía repetida, el del padre, cuyo amor es tan definitivo que suple al de mi ángel de la guarda que se quedó haragán insólito a la orilla del mar asoleándose y dándome permiso a solas del resguardo paterno, abandono angélico que nunca jamás ha repetido porque sabe carezco íngrima ya de todo auxilio, teniéndolo sólo a él. Mi padre me mira con sus ojos oscuros de tenor, y sin dejar de cantar va colocándome boca abajo para que pataleé y manoteé las orillas al estilo perrito, dándome luego vuelta para el estilo muertito. Soy feliz, él no me dejará hundirme, sus manos poderosas son tan bellas que nada más las de Dios podrían superarlas, aún en el agua huele a árbol y a bosque, las entradas de la frente no le han crecido tanto como a la hora de su muerte, es joven, sabe hablar más que oír, porque para eso es hombre. Canta cuando está absolutamente contento, mejor dicho sólo esa vez abierta la voz y otras muchas quedito, repitiendo la letra de las óperas al oírlas por el radio del que, a propósito, está muy orgulloso porque es Phillips y posee un ojo mágico de gato que abre y cierra la pupila, verde aguacate y muy negro el punto de en medio si la onda magnética es recibida con corrección. Me acuerdo que mi papá nos sienta alrededor del radio y lo explica, y yo le susurro a mi vez a mi gata Carioca que es un abuelo suyo tuerto el aparato del cantido, ella ronronea un segundo y a continuación duerme soplando intermitente un silbatito, soñando quizá con su padre, como me sucede a mí ahora que nado en el sueño cargada por quien amo todavía ardientemente y con lágrimas de *saudade*, la palabra portuguesa que impele perfecta un dolorcillo triste pero sonriente. ¿Sueña la gata con su padre como yo, o con su ángel de la guarda, o la una con la otra correspondiéndonos huérfanas? Mi papá llevaba a las visitas al comedor a mostrarles los muebles ingleses Queen Ann que compró para su boda. Amable y caballeresca, elegante solicitud de envidia. Y la gata que se llamaba entonces Carioca, igual que la dormida hoy a mis pies soñando con su tatarabuela de mi infancia, la suya de ella, se mueve lenta, estira sus patitas y vuelve a enrollarse sobre el edredón. Estoy soñando que no me doy cuenta de la soledad de la natación que me es, y me sostengo sin ayuda, mal y como Dios me da a entender, porque mi padre se ha ido para siempre y mi ángel se asolea tiradote pecho a tierra moviendo sus alas multicolores porque sueña cuando fue niño y tenía como yo un padre.

Estoy en una fiesta del yucateco más rico del país. Bebo una copa de coñac y no me duele aún el estómago con tan ruda elegancia. Me rodean mis amigos que entonces creía hermanados sin tregua para la eternidad. Mi esposo y yo nos movemos cada quien con seguridad y sin reticencias, en grupos distantes, somos y pertenecemos al cotarro, sin caudales, mas casi todos con licenciaturas extranjeras menos nosotros. La mansión encandila iluminada y virreinal, hay un tibio aire lujoso, huele a distinción con tantas cosas antiguas, de buena cepa, traen su perfume propio de casas en el centro de plantaciones picudas, sabanas henequeneras y feudales de muros blancos y gallardos sonriendo a vientos domados y refrescantes. Aquí en la ciudad, Yucatán se refugia con música de allá, con joyas arqueológicas en vitrinas y sirvientes vestidos de mestizos hablando con los dueños en idioma maya. Hablamos y bailamos, bebemos y cantamos y nos balanceamos en oleajes como si navegáramos la dulce calma chicha de la juventud, sólo amenazada con tormentas amorosas no siempre domadas y siempre catastróficas, como debe ser el amor.

El anfitrión meridiano, gordo y apacible, bonachón conversa lleno de cadencias de su idioma original; nada más lo veo, y en mi necesidad de vestir y desvestir a la humanidad lo sitúo en cuartos frescos y corredores de columnas, donde prueban aguas heladas sus gentes con trajes de lino arrugado, algunos son descreídos revolucionarios —los de pantalones de montar y fustes pegando en las botas—, hablan con señoras de alcurnia y una que otra dama política que inspira canciones de amor, rubia extranjera con historia propia y que iba yo a conocer en persona luego, ya anciana, Peregrina le decíamos, de consuetudinario sombrerito ajado, y cuya mayor seña física crecía enorme bajo sus trajes de seda: dos contundentes pechos inadmisibles que disimulaba aumentándolos con una flor de tela encima como en una repisa de santo. El dueño de la fiesta, de lo que se llama un sarao, va entre sus invitados comentando según el tema que tratan, es un gran señor. Mi esposo está encantado, lleva y trae su preciosa sencillez costeña y su cultura musical, es un bien dotado para la sociedad, un conversador que retiene el interés de quien sea, amén de esgrimir a la menor provocación su credo político de izquierda a la moda que lo hace todavía más atractivo. Es moreno y lleva sus ojos negrísimos a todos lados llenando de luz los lugares donde aparece. Cargado de defectos menores, mis amigos lo tachan de ser un poco lunático y endemoniado amante de Mahler —lo es— de quien sabe (no me obliguen a la cursilería) todas las claves de sol. De muchas maneras su nacimiento a la orilla del mar lo iguala al señor de la casa, él, pobre de pobretería, el señor, dueño de la mitad de su estado. Yo me voy a sentar junto al intelectual de moda, el pensador político, el guapo tropical, que habla francés e inglés con soltura, nos gustamos lo suficiente para encontrarnos en las miradas a través de donde estemos. Me ve, lo miro, ¿no es acaso esto una forma de amor sexual, de coito sin pecado? Hablamos de lo que nos importa, de Marx y de Freud, del cine de los *Cahiers*, de la Facultad de Filosofía y Letras, del libro que escribe, de su mujer... no está en México, fue a ver a sus padres a su país detrás de la cortina de hierro. La pienso: extranjera feucha, alta y carrilluda, inteligente y la envidio, todo ello frente a los ojos que me están desvistiendo a tramos, primero el trajecito que me hice para la boda de mi hermano, un Chanel adorable, de muaré y galones en tonos contrastantes ocres, negros, dorados; luego de regodearse con los botones forrados de seda y difíciles de desensartar, y con el cierre automático oculto lateral de mi falda tableada, con el brasier que yo hubiera preferido cubierto de encajes, pero en las inopias es uno de los de diario; no me atrevo a decir cómo se desabrocha el liguero y suelta las medias negras: por fin, sin calzones, estoy desnuda y me toma con ternura y fuerza, tiemblo mucho y gimo en la culpa porque sé que mi marido no se ha dado cuenta de que todo esto ocurre debajo de la mesa, o detrás del biombo, o en el jardín, o en la recámara del yucateco... Por fortuna vuelvo en mí, a la discreta elegancia nocturna de mesillas cameras y lámparas opacas, al murmullo de los que ya cenaron, al marchito entusiasmo que se desgaja al amanecer, y juego con las mancuernillas de mis puños, las que duré tres días ensartándoles sus cadenas para imitar las que creó Cocó en un arrebato parisino. Él me pide encontrarnos, al fin solos, el lunes a las seis de la tarde, y me da la dirección de un café, le digo que sí, y noto que en verdad trepido como si hubiésemos estado desnudos un instante antes. Acepto la copa que me ofrece y me quemo con sus ojos de muchacho arrebatado, caballero de la cultura y la política, reteniendo apenas el temperamento que brota de él, de su altura y fuerza sobre sus piernas levemente combosas deseadas por mí en secreto adivinándolas bajo la tela del pantalón. Mi alma se sale de madre, retorno a la locura que le quita la corbata, le abre la camisa, toca sus tetas que se hinchan lo suficiente para que su sexo crezca y lo beso como lo hago en el sueño, lo tomo para mí en el patio de juegos de los niños yucatecos, bajo los cuartos de las institutrices inglesas y alemanas que duermen, en el garaje dentro del Mercedes, y ni quien se dé cuenta, o en la azotea, con los volcanes viéndonos en la noche de luna de aquel tiempo transparente. Acepta la copa helada de whisky que le pongo en la mano. Ambos sabemos que hemos estado juntos hasta ahí, en el ir y venir de la mente ansiosa, nunca más sucederá en la vida real, porque él no irá a la cita ni yo tampoco. Los lunes son días difíciles para tener un amante. Eso se hace los jueves, si bien va la vida...

Carmen Parra

V

Junto a Aurora las muchachas de entonces nos aglomerábamos a su lado en la admirancia. De rasgos fúlgidos, la blancura del rostro suavizaba el vigor y rotunda animación regidos por los ojos grises tirando a verdiosos o azulados, llenos además de acentos lucíferos que la hacían verse destelleante en sus furias u ordenanzas. Los dientecillos delanteros se asomaban abriéndole los labios dándole un aire de lactante, de pueril atractivo interrogante, mordaz. Pertenecía a la estirpe de los que poseen mando y arreglan vidas ajenas. Sus actos de autoridad le impidieron ver las virtudes ajenas y sí captar demoledores defectos en los demás desde su autoría de juegos y escarmientos. El orgullo le impidió el hechizo de la sorpresa y albergó una cierta insensibilidad que cegaba el universo aluzado que vivimos. Su nombre es el principio de la sabiduría: vence a la oscuridad; luz tierna.

Mis padres murieron en los llanos de Celaya durante una campaña política y junto al río de la Laja. Empezó a llover con el estruendo tropical de goterones, rayos y centellas, lo que obligó a rancheros y civiles que le entraban a barbacoa y carnitas hechas allí mismo, a correr y guarecerse bajo el pirul más cercano. La bola de gente se apretujó empapada y riendo y parecía de lejos mieces amarradas, cañas para el trapiche. Los truenos los juntaron todavía más como si asistieran a otro mitin de a de veras. Mi mamá se recargó en mi padre que la mantuvo entre sus brazos, capilla irreductible. Abrazarlo ha sido la acción que las mujeres sedientas intentamos y repetimos; era el beber agua, deseo implacable que me persigue y hace huérfana. Sus dos aromas volvieron a fundirse, de violetas y sándalo, de caja de Olinalá. Mi padre olió a maderas perfumadas, a las de suave talla y a las fuertes, como son las palabras de los adioses.

Dicen que el rayo entró por las ramas rielando el atardecer directo a sus cabezas, atraído sin duda por estar juntas las trenzas caoba de ella y el cenizo cabello de mi papá. Quedaron fulminados, pero no se tornaron en carbón como suele ocurrir, sino encendidos, ígneos. Dicen que recordaban las figuras de cera que un día llevaron a exhibir a mi ciudad para que conociéramos a la emperatriz Carlota y a don Benito Juárez, a Moctezuma II y a la Corregidora: ya pálidos, sin sangre y del color de papel amate de los libros de cuentas de la tienda de abarrotes de mi tío Severino, tan limpia por cierto como la sala de visitas de las monjas de la orden de San Joaquín; cintilaban los muertos muy raro, eléctricos, así mecidos en reposo, dormidos en paz al fin sin separación. Y digo dormidos porque les cerraron los ojos casi a fuerza ya que se miraban entre sí en el secreto amor que en verdad casi no se notaba en la vida real de afuera, él bebiendo su fiesta y mi madre silenciosa en el oír y a la espera de regresar a la casa a acomodarnos los jorongos de las camas y besarnos.

El caso es que mi infancia corrió en la casa de campo de mis tíos maternos, y al quedarme sin padres fue como volver allí en las vacaciones anuales sin interrupción, a los paraísos gozosos infaltables con Aurora y sus tres hermanos de algarabía y bullicio rumbo a la adolescencia, en la peregrinación traviesos, casi malvados, displicentes de nosotras creciendo a sus veras. Auro y yo pues no nos separaríamos en confidencias y consignas, ella indicando el camino y yo obedeciendo no con debilidad sino en la aceptación de que los demás tienen razón; por eso, la posterior independencia que ostenté de grande enervaba a mi gente, a mis hermanos que vivían con los tíos paternos celayenses en la hacienda La Quimera, contentos ciertamente y domados por la tía María, hermana de mi padre, dueña y señora del casco y el cacho de campo restante de la expropiación. Cabeza de familia nacida dominante en uno de los cuartos de la casona, avara y fachendosa, la cual al morir mi abuela se hizo cargo de sus once hermanos y no dejó a mi padre de su entrecejo torturándolo con hambre, ropa zurcida, zapatos agujereados bajo el pretexto de que no se acabara la inmensa fortuna de la abuela, su madre, apoyada claro está por la codicia, heredada de mi bisabuela Ifigenia. De niño él se vio atrapado por toses arreciantes sin atender, tal vez de allí en mi garganta la gruta de anginas, el túnel lúgubre a bronconeumonías, pulmonías y el bufido de tos que llevo conmigo añadiéndole cigarros placerosos.

La vida de Aurora me conmueve por secreta, oro y plata su veta oculta, cenote de joyas. Nunca ya de grandes permitió la menor congoja, sorda a los chismes de los que nos enterábamos haciéndolos a un lado hipócritas. No estuve en su intimidad joven hasta una noche no dormida que la pasamos juntas contándome a mí, su oidora oficial con el alma desgajada de inmensa pena y compasión.

No era bonita, mas su ígnea afabilidad, su talento para resolver males y bienes la hacían descollar en juegos, el canto, la actuación. Su figurita brincaba y por eso le decía Frijolito, no se estaba quieta, era una gota de mercurio que sacábamos de los termómetros, ruedita dentada de reloj. Escribía correctamente y me ganaba en la lectura, como si tuviera prisa enterada que en la madurez no la frecuentaría. Coleccionó enamorados para envidia de las primas divididas en compartimientos estancos de las chicas, las grandes, las decentes, las descocadas, las que se iban a casar, las quedadas. Nada resultó profético pues las en verdad hermosas vistieron santos sin siquiera desvestir borrachos. Para el entonces que cuento yo estudiaba en la ciudad de México la carrera de Letras y una anciana tía me alquilaba una recámara con balcón a la calle Álvaro Obregón. El deleite de estudiar se igualaba con las vacaciones y el regreso a la casa de campo de las Santamaría, la cual por cierto iba cediendo terreno a los primos que se casaban, regalo que el marido de Aurora rechazó por capricho. Mis tías se iban haciendo cada vez más viejecitas, más cortas de estatura, la espalda se les inclinó y las piernas zambas no correspondían a las torneadas y firmes de su juventud. Pero debo empezar otra vez por el principio, después de todo escribir es una continuidad implacable que no admite desfallecer en la repetición y sí ir ordenando el relato yendo y viniendo en los tiempos.

Íbamos al mar toda la familia a veces, en diciembre. La excursión puntillosamente preparada ahora que lo pienso era lo que más nos excitaba y más rememoro. Mis tías cosían la ropa de los chiquillos, pantaloncitos frescos, batitas de lino sin forros de percalina que nos medían a Auro y a mí moviéndonos de entusiasmo y ya sintiendo en los pies la arena suavísima y las lamidas de las olas, esmeraldas reventadas, bien educadas como quería el mundo entero que fuésemos. Las compras de toallas, sombreros, las excusabarajas, esas cestas de mimbre con tapadera ensartada por medio de correas de cuero, hebillas, herrajes pomposos, hechas para cargar las viandas contra la templanza; los huaraches, los zapatitos de hule porque entonces así se usaba y nosotras extraviábamos uno sin falta para romper el yugo del par y libres pedalear con las plantas de los pies el mar entero. Mis tías iban mezclando ungüentos untuosos dándonos indicaciones del cercano mañana. Época venturosa, presagiante de otras antesalas de viaje, lo mejor del mismo, como lo es el después; la realidad de lo vivido. Yo ahorrativa, dejaba de leer los libros que me iba a llevar y eran boruca de mis primos, chistorrada y hurtamientos, así como advertencias renovadas de mis tías a fuer de que no siguiera con el librito todo el día entero siquiera en el viaje. Que hiciera de cuenta que mi ángel de la guarda se iba a presentar para arrebatármelo y llevárselo al cielo y no a mí, lista para morirme como los mastuerzos untados en las erupciones de la piel. Nos trepaban en dos fordcitos, tías y niños en su cada cual, y en otro coche las petacas y una pareja de sirvientes incluyendo a los perros Dimes y Diretes, por supuesto. Dejábamos atrás la terraza de la casa de campo que ya he dicho no lo era precisamente mas tenía tal extensión de terreno sin construir que daba esa idea; dormíamos una noche en la ciudad de México, en el Hotel Gilow o en la casa de mis tías las Gomitas, que vivían en el tercer piso más lujoso de la calle Madero, a la par de colonial hotel, cuando México era ciudad oriflama aún, antes de los finales de siglo indecente y hediondo. Llegaba la caravana al mar, azul eternamente, así fuera el de Acapulco, el infinito sin comparación, o el voluble y riesgoso de Veracruz; el mustio y aplanado de Tampico, aunque en éste la algazara de los primos de allá, racimo de flacos de piel quemada por el solazo y ojos claros remediaba la playa escueta con retazos de petróleo flotando y la brusca arena que picoteaba pies, codos y espaldas. Mas era mar, mar tendido y tibio que nos capturaba por horas así latiera la piel asida de placas enrojecidas que nos desvelaban. El mar nos sobornó en la bienaventuranza del misterio germinal, solitario sin populacho pedigüeño. Los perros viajeros se comportaban y no había escándalos de los grandes que entendían la pertenencia familiar de Dimes y Diretes, la pareja de pencachos tontos nacidos para reír a nuestro lado, límpidos nadadores batiendo sus patas pegándole al agua como a un tambor, empecinados revolcadores en la arena para desesperación allí sí de admonitores espolvoreados por aquellos plumeros abanicantes, echados a descolones y gritos tal flamazos. Los canes nacieron de aburrido árbol genealógico sin cambiar de nombres que edujera mi bisabuela, verde por el gasto que ocasionaba su comida. Simples, tomaron posesión de la vida regalada tirando ladridos y cosas con sus coletazos. Fueron zagas, lloviera o tronara, de nuestros talones, y volvían sin quejarse con los cuerpos asaltados por garrapatas, o bolitas espinosas y cuanto hay en la montaña o los llanos secos del estiaje. Mis perros han sido irremediables verdaderos gitanos, bailadores de flamenco, aulladores amorosos a la luna de Tamayo, gimoteantes Pierrots si están enfermos, recolectores de sobrenombres: palomas, tarántulas, altezas, Panchos Villas, pisapapeles, molcajetes, etc., alharaquientos espontáneos de amor son fierabraces con tal de protegernos; no se parecen a los gatos, distinguidos cojines de pelos en los mejores sillones, cardenales indiferentes, ingratos, adorables sí pero sin defectos humanos como mis niños disfrazados de perros. Las muertes de mis animales me concitan depresiones dignas de caudillos en sus funerales; mis mesillas de noche están repletas de sus retratos mirándome. Son mis muertos, junto a mis padres en fotografía sentados en el patio de la hacienda abandonada, antes cuando permanecía indomable al despojo de los ejidatarios.

El mar venía a nosotros posándose como seda en los brazos y la cara antes de arribar enteritos los cuerpos a la orilla, desde la carretera de lumbrada y bochorno, lo lamíamos en los labios que sabían a sal y las ansias del agua apenas la conteníamos sin pensar que existía lo polvoso, lo frío, la ropa de invierno, los calcetines, los radiadores, las manos partidas. Lo olíamos más a cada vuelta de la carretera, asaltos de yodo y azúcar. A pescado fresco. El mundo húmedo se intuía en el jugo de las mandarinas que nos escurrían en gotas hasta los codos y si levantábamos los bracitos llegaban a las axilas combas color de rosa refrescándolas. Íbamos hacia los vasos llenos que sonaban con los hielos, a las sandías mañaneras y los mangos panzones que dejaban huellas en el bozo y la barba. Había un tácito permiso para contravenir las reglas de la buena educación ¡eran vacaciones!; le entrábamos a los platos de porcelana repletos de frutos de la tierra y el mar, también del aire que definían los tíos a los chichicuilotes, las peras, las manzanas ¿no colgaban los limones y las limas al viento? Bueno, pues eran del aire ¿o no? decía mi madre ladeando un tanto la cabeza amada perfumada de violetas, cuando vivía y todo estaba seguro. Iban apareciendo en las mesas de la playa jamones, ensaladas, cebiche, camarones sin pelar, percebes con tallo de los que me enamoré en su delicuescencia de cinco valvas concha nácar y colores transparentes que iba a descubrir en París en el *boudoir* de Sarah Bernhardt, la reina del *art nouveau* en el Petit Palais. Y a todo ello, los manteles y servilletas enormes crujían al desdoblarlos, y sus pliegues daban al sol respiro con la idea flamante de lozanía. Las tías y sus mandiles planchados frenéticamente, los tíos y sus cervezas que bebían a pico, y las botellas de tequila que estaban encajadas en cubos de hielo vistiéndolas, congelándolas. Obstinación del bienestar. Oíamos discos de ópera que se rayaban si les caía un granito de arena, de ahí la exasperación con los perros. Todos alrededor del gramófono y en gracia de Dios comíamos en vísperas del crepúsculo que adoraban los míos. Esperábamos expectantes como si fuera a llegar una carta del creador escrita en papel violeta y letra del Sagrado Corazón cambiando en el horizonte colosal a cualquier color imaginado.

El cielo nos teñía de sus tintas difuminándonos mientras oscurecía serenamente y nosotros empezábamos el juego del deseo en la íntima pureza. No sé cómo lo acallarían los grandes, la muchachada se metía al mar por última vez hasta que nos llamaban a la casita alquilada... ya nos bañábamos en agua dulce todos juntos, niños y niñas, aniquilada la disciplina moral por el clima y lo impetuoso, ya nos enjuagábamos bajo la regadera quitándonos a medias o enteros los bañadores mojados y arenosos que pesaban, ya nos tocábamos los cuerpos, aun en los lugares del pecado, nos empujábamos dándonos manotazos leves como queriendo pelear, sintiéndonos restirados y nuevos, del color del melocotón, con las tetillas salientes nosotras y los chicos insolentes y encuerados. Ya sosiegos y limpios, con el olor a heno de Pravia de los jabones de las tías, merendados y libres porque los grandes habían desaparecido súbitamente, salíamos a la playa a mirar las estrellas, algunas corriendo fugaces, y a pensar en qué íbamos a ser de grandes, además de calmar el dolor de vientre que nos atenaceaba.

Por supuesto Auro la capitana, como una peonía movida y bulliciosa, nos conminó a cuantas aventuras posibles: a un concilio de conchas y caracoles, troncos esmerilados y estrellas de mar coleccionadas con pedazos de vidrio limado por las olas, y que teníamos que abandonar al partir. Un día de mar y playa me asaltó el cambio de niña a mujer arrebatando mi paz como a los caballos con el freno entre las fauces, y aunque Aurora y yo habíamos cumplido once años ni siquiera intuíamos tal infortunio y supusimos una especie de castigo divino por las barbaridades, las desobediencias y sobre todo los deseos, los juegos prohibidos en los roperos y allí mismito en el baño común. Por las malas conversaciones, el caso omiso a los serios reclamos de mi tía su mamá de no echar volteretas en el aire o abrirnos de piernas hasta el suelo como Fred Astaire... cuando sean grandes lo comprenderán. Aquel revés atormentador nos hizo estar sentadas en la arena sin movernos tres días en baño de asiento para ver si la sangre se me detenía.

Los primos fueron con el domingo siete a las tías, dijeron que parecíamos estatuas de marfil, que todo se nos iba en bobear a las gaviotas y los pelícanos, que ya estábamos negras quemadas, peladas, que habríamos de haber matado a alguien porque desde que nacimos nunca nos portamos igual, sin meter desorden. Una buena reprimenda de la tía amén de instigante investigación la hizo acomodarse junto a nosotras y explicarnos con tímida voz trascendente que ya era señorita, que me habría de cuidar ahora sí en serio no subiéndome como loca a los árboles, que la falda sería más larga de ahí en adelante, que no podía bañarme en esos días ni exprimir limones en la boca tal mi obsesión, suspender las excursiones al cerro, mi conducta con los hombres ni aunque fueran mis primos, nunca andar en juegos de manos que son de villanos, ocultar como lo más prohibido los calzones; se había acabado la vida y empezaba un siglo de renuncia, sigilo, miradas de Moby Dick: de ladísimo, piernas juntas, blusas abrochadas. Hora de esperar.

Aurora se carcajeó de los machacamientos tildándolos de babosadas del tiempo de mi tía la Nena, y juró al tocarle la idiotez que la iba a controlar, aunque ignoraba cómo, pero me aseguró la suspensión del percance aunque fuera embarazándose. Activa y temible me arrastró al mar echando al olvido mi zozobra monjil labrada por mi tía rendida por la responsabilidad que le echaba encima la recogida huerfanita y pidiéndole a la Virgen María en su fuero más interno que se fuera la muchachita su servidora a Celaya a que se hiciera bolas allá con sus-mis hermanos. Pero Aurora me iba a seguir muy pronto en la fregativa reglamentación, la cual le hizo los mandados, calmando de paso a las tías y devolviéndome compañerismo y empate; chiquitas de senos rimbombantes y enaguas jaladas. Las tías también se dijeron "conque ésta es la edad...", y en un tris se desentendieron un tanto de nosotras. Así pasaron los primeros años de grandes, subiendo al cerro de atrás de la casa de campo a emparedar como conspiradoras los paños mensuales, cubriéndolos en el muro con ladrillos de adobe. Por cierto me acuerdo que junto a la casa se levantaba un magno edificio porfiriano convertido en manicomio municipal, y los muros laterales tenían ventanas enrejadas con sus respectivos locos agarrándolas quienes delirantes nos gritaban obscenidades mientras realizábamos la ceremonia impoluta.

La niñez es pasajera, más acelerada que la juventud y menos que la vejez. Es un invento emperejillado por mí, una canica devuelta ahora, una fijeza recurrente que nos extraña; dijo un escritor su definición intachable: "El pasado es un país extranjero: en él se actúa de manera distinta..." El tiempo camina adentro de uno retornando escenas antiguas cada vez más extrañas.

Aurora logró apuestos novios que la adoraban según ella, y no han de haber sido tanto en la pasión ya que no se casaban con su persona. Nosotras de todos modos de niñas nos preparábamos para lo que habría de venir, y la compañera de juegos más cercana, la guapilla del pueblo, la rica de la casa —así le decíamos—, Maripepa la trompudita, ojo abierto, caudalosa en bienes, era cuña en la imaginería de la boda jactanciosa llena de nenúfares con un pícaro decente. El chofer la llevaba a la casa de campo y nos hundíamos en las huertas a retozar, si posible fuese revisarnos unas a las otras por donde los calzones con el corazón arrebatado en misterios trinitarios. Mas en general nos comportábamos sin el pecado, tramando cuanto hay en las cabezas de la infancia, como el día en que le dieron permiso para quedarse a dormir y rapamos a Dimes y Diretes, los vestimos de muñecos, y ya en cama era un apapacharlos si lloraban, darles biberones cada dos horas; los pobres pencachos nerviosos dejaron de lado la benignidad para salir a pata loca ladrando con todo y ropones y gorros desesperados de ajigolones al cambiarles pañales, arrullarlos, meterles chupones a fuerzas en las trompas etc. A las cinco de la mañana pasaron aullando por el cuarto de los primos y por la alcoba de los tíos y la casa se convirtió en ascua de alumbrado, aspavientos, incoherencias y regaños y luego la risa general que nos identifica a la familia en desaprensiones.

María Josefa, Maripepa, tenía novio en serio, Eleuterio Jaramillo, joven norteño de muy buen ver, magro como mis primos de Tampico, trabajador y pobretón, que se hacía castillos en el aire de riqueza sin igual si se casaba con la doñita. De todos modos el galanteo seguía viento en popa. La sinuosa muchacha de la naricilla respingada, que nadie creería se le derramaba sobre las mejillas de chica, y restaurada, por decirlo así, en la ciudad de México gracias a las primeras cirugías faciales, la chica del caminar airoso y cuyas manos se veían extrañamente siempre sucias en las palmas por más que se las lavara, se volvió el suceso del momento la mañana de San Juan, con el jardín principal oliendo a laboratorio de perfumes, a azucenas y heliotropos, a camelias y alhelíes, a rosas de Castilla de tan lleno de puestos floridos para honrar a Juanito el milagroso, patroncito de las fiestas de junio. Maripepa se fugó con el guapo de la casa —le decíamos—, el mayor de los De la Encina, Gabriel, que nada más con entrar a la nevería levantaba turbulencias de risillas y miradas aviesas de deseos, aunque lo conocíamos desde niñas; su donaire para trasladar su alto y delgado cuerpo entre las mesas y comensales, su mirar avellana y destellos, la gran clase que despedía por todos los poros, un derramasolaces como le decían mis tías, tan pajarero él, ingenioso, consciente del linaje del que provenía, acariciado por buenas telas, sedosas camisas, jinete intrépido, elegante por centurias que eran sus contrafuertes, ocioso adorable haragán, nos llevaba a tramar escenas amorosas a todas sin falta. Aunque era mucho mayor que nosotras significaba el ponderable aliento en la amistad con sus hermanas, feicitas con cutis de cócoras, ya que los gemelos Gabriel y Andrés las dejaron en cotorras sempiternas, sin fortuna a esas alturas del partido. Gabriel de la Encina se robó a Maripepa Escalpelo si no a caballo sí en su fordcito nuevo del color del relámpago, porque para sus gastos en la deteriorada mansión de sus padres sí había. Fueron a dar a la ciudad de México y desde allí hablaron por teléfono para calmar vergüenzas y presunciones de asesinato de parte del papá de Maripepa, iracundo ganadero del Bajío que no confesaría ni en la última boqueada que el raptor no era mal partido. No se trata de darle aquí la vuelta a todas las vidas de los muchachos de antes, baste concluir con Gabrielito, quien continuó la existencia de viva la virgen, y con Maripepa fallecida en el parto a solas en su rancho, porque no hubo quien se acomediera a llevarla al doctor y su marido andaba de jarana paseando la capa sin despeinarse.

Mi prima Aurora consolaba oficiosa a los novios desairados por Pepita, y así ocurrió después del desaguisado: repitió la guasa de la caridad cristiana y Jaramillo vio la puerta y casóse con ella a los pocos meses como desquite y recogimiento de su dignidad. Aquí empieza en verdad la verdadera vida de Auro, y el paroxismo de la culpa sin juicio de la traición a Maripepa a quien le asestó a Jaramillo haciéndola su víctima sin minuto de reposo, con estampidas de palabras vejatorias, trompones y guantones tomándolo luego como marido con ferocidad en una pasión sin límite que Aurora aguantó altiva sin contarle ni a su ángel de la guarda, quien estaba turulato de esa violencia que no conocía. Nadie sospechó invitado a comelitones y bailongos en la casa rentada por el norteño, para aparentar que quería y podía, nadie supuso que en la noche enemiga de Aurora el agravio por Pepa se volvía incontinencia cruel aceptando con humildad ella los zipizapes siniestros para no lastimar a sus padres ni al tierío con sobresalto de tal magnitud. Fueron muchos años de fingimiento, y la familia que intuía todo, optó por la estratagema de no darse por enterada, disimulo en el que está doctorada con honores. Aurora sabía que mientras brillara el sol su reinado sin sobresaltos pasaba, Jaramillo atendía agradable, justo, educado, pero le faltaba, que ni qué, la gallardía y donosura de De la Encina, hasta el planchado y desplanchado de sus trajes de lino, ya no digamos los apellidos de abolengo de padres y abuelos de los que el pueblo y sociedad se hacían lenguas aludiéndolos como si estuvieran vivos, sólo porque habían sido amigos de sus padres y abuelos, o conocidos. Se discutía la riqueza evaporada mas aún enhiesta de la tribu. Una tarde murió Gabriel tirado en el baño del casino, acribillado por cónyuge de impasiva dama, cuyo honor estuvo guardado celosamente de boca en boca durante años. Mas me pregunto ¿quién de nosotras se hubiera resistido si tú me llamas, Jesús?...

Periódicamente cedió Jaramillo en el casino al odio almacenado en público y desbravado en la persona de su mujer... ¡Lo traigo en las entretelas! alardeaba beodo. Mientras, la gente hablaba en el cuchicheo del licenciado Sáinz, don Eugenio, descendiente de una familia de médicos por genes, según ellos, los que le hicieron la competencia al doctor papá de Isaías Fontanero, el que curaba y resucitaba sin comparación. Gene, al que así le llamaban mis tías sus contemporáneas desde la escuela, se casó con doña Toñita Alabanza, silenciosa y sin seso, impávida sin empuje, bonitilla sin aura sexual que era la búsqueda y la morada de los varones. Le dio cuatro hijas de aspecto bilioso por amarillas, tilicas, quebradizas, compañeras de estudios de mi prima y luego mías. Jugar con ellas era dificultoso porque entendían a retazos; imposible treparan a los árboles, al estanque entraban espiritifláuticas y salían moradas rumbo al resfrío; se hartaban de los papeles que Aurora les asignaba en nuestras memorables puestas en escena privadas. No obstante les atraían a los muchachos, y mis primos ahí estaban si iban a la casa las Sáinz, amoscados con las niñas vestidas sin falta de blanco, moninas y debiluchas, con cierta cadencia de movimientos sutiles e indefiniciones femeninas que convertían de fallas en atractivo.

Así crecimos, con nuestros destinos tatuados ilegibles en el pecho, de imposible lectura, y que al descubrirlos leyéndolos en el espejo al revés nos dejaron atónitas. No recuerdo pues paseo a huerto o montaña, a laguna o mina, sin las flacas Sáinz, las Anilinas como las apodamos.

Otro día ya éramos todos grandes, niños convertidos en señoras y señores amasando nuestras historias, bejucos húmedos, en el estudio o en tempraneros matrimonios. Y es que ser joven se trabaja lentamente y llega por la noche, al despertarnos lo somos; y esto se comprueba con la vejez, no es cuestión de irse enterando con señas, una mañana al bañarnos descubrimos que ha cesado lo que ni entendimos. La muerte ha de entrar igual, en lo oscuro, cuando ya no hay luz y la aurora nos fue negada, el consuelo infaltable de luz... Y sigo con Aurora: mi prima y el marido asistieron —pareja— al rancho de don Gene con los emparejados de siempre, con niños y sin perros, a una comida campestre. Don Gene se comportó dador en vituallas y mezcales, tequilas, cordiales, cervezas y vinos. Hubo música, baile y canto. Olía a nísperos y tejocotes, se acercaban las posadas.

Jaramillo se acomodó sin cerrar las tapaderas un cuete de órdago, la pítima de la anestesia, según burló don Gene, y los paseantes al caer de plano la tarde y al ya no distinguirse los colores de las camelinas y los huele de noche adulcoraban el frío, empezaron a retirarse dejando al trío solitario acompañado de Dios y de sus ángeles de la guarda, bastante fatigados de advertir excesos alcoholeros y tragantinas constantes, carreras a la barranca empinada y pueriles columpiadas de las ramas de los ahuehuetes, sin haber podido evitar las anacronías fuera de la edad ni las faltas de respeto. Lo ominoso cayó con la noche y el triángulo se redujo a dos pensamientos, ya que el vértice otro necesario se encarceló en la mona sin razonar, ni siquiera balbucear necedades. Aurora mi prima y el amigo de la escuela de mis padres y tíos, y al que llamábamos tío a veces por vivir prácticamente el día entero con las Anilinas sus vastaguitas, dejaron tendido boca abajo a Jaramillo en una cama que había en la cabaña de rigor, y entraron a la arboleda meneante de susurros y aromas interrumpidos en instantes por agudos chillidos de pájaros despertando de alguna pesadilla o protestando lastimosos de nostalgias de otra vida. La luna se untó en los rostros de Gene y Auro, pálidos, casi fosforescentes bajo las estrellas que se clavaban en los ojos de los dos de tan cercanos. Auro esplendía doblando a la noche, su proverbial enemiga, allí, en el paraíso prometido el deseo les echó el pial jalándolos, que mucho les debía al papá de las Anilinas y a la casi su hija que se enamoró de él, es decir se apersonó de cuánto lo había amado desde siempre en un baile de fin de año en la casa de los De la Encina.

Se igualaron, por decirlo así, al casarse Aurora con Jaramillo y empezar a tutearse entre los matrimonios de la gente decente local, lo que debían agradecer, pues esa tropa no admitía con facilidad a vaya usted a saber qué madre la parió, por nueva rica o arribista que fuera, ¿cómo se les quitará lo furris? refunfuñaban, ¿viste sus calcetines aguados, enrollados, calados, de color fuerte o pálido?, no importaba más que el desprecio ya que no eran iguales. "Todos somos del mismo barro pero unos son bacín y otros jarro..."

Borraron lo subrepticio, el rubor si los atrapaban mirándose, como aquella vez en que Auro fue incapaz de retirar la mirada de las manos de Eugenio descansando sobre los muslos y el pantalón, imagen fija, clavo en la frente, se habían detenido los ríos de amoniaco del chisme, cintilaban sólo las exclusividades de la piel y las zonas clausuradas. Fue un reconocerse temblando, un amadrigarse el uno en el otro, animales perseguidos encontrando guarida, eligiéndose. Parecía que oían sus pensamientos.

Al amanecer, y ni tanto, puesto que el sol ya estaba posado en la montaña, se alisaron cabello y ropajes y entraron a donde roncaba indecente Jaramillo. Don Gene a silbidos llamó a un ranchero ordenándole trajera leche recién ordeñada y una cazuela de frijoles ardiendo con sus tortillas y muchos chiles verdes. Eleuterio Jaramillo volvió de la muerte ensayada y se aventó a la comida como si saliera de una celda de castigo. Auro y Gene inauguraron su encuentro sobrenatural y de su autoría, patente y registro; el de la cruda estrenó alta cornamenta que rozaba la copa de los árboles con la fresca.

Aquel amor, que era amor, milagro catastrófico y pasajero donde todo está al revés, no se comprende, es increíble, y rige por antonomasia la palabra *tuyo*: tú-yo, que un poeta descubriera, piedra fundamental. Se asumieron en sus papeles protagónicos convencidos que para eso habían nacido, para vivirlos bajo cuerda. Fue el arrebato entre ambos, él perdido por la niña mujer maltratada, ella por la suavidad de sus manos acariciantes, desconocidas, sus toques eléctricos casi impalpables, la sapiencia, el poder; por la piel morena sostenida en el mestizaje y ofreciendo el regalo noble del raso de la piel, hueso de mamey el cuello para la lengua, lamible el cuerpo entero, incesante caligrafía del placer y el opulento ritmo del que sabe hacer el amor creándolo. Gene se parecía a su padre, hubo de encontrarle rasgos en común que la poblaron más de amor.

Empezaron a levantar minutas rigurosas de cómo encontrarse zarandeados por el deseo, bendición de los dioses y esclavitud demoniaca, pegados los dos a la mente de los mismos dos, al nudo en el estómago, a la asfixia suspirante que hacía volver la vista de los demás a mirar tamaño reo de qué culpa. Inevitables, escribieron su propia historia de amor creyendo que inventaban letras, idioma, olímpica ilusión cancioneril. Y ese imaginero escudriñarse los cuerpos como si hubieran encontrado la joya prehispánica, la tumba de un emperador, no era posible dejarlo de lado, amén del tedio de Gene con la dulce esposa ausente de tentaciones y arrebatos, y la torturada Auro bajo el peso trepidatorio del marido empecinado en usarla, objeto de su propiedad legal y religiosa. La potencia de Eleuterio el caudillo sobre el desierto que le devolvía Auro lo enervaban, máxime que de allí, de ese darle tozudo, no venía progenie alguna, ni ave o niño. Por eso tomaron camino a la capital, a mi casa. Yo vivía sola entonces en un departamento mínimo que se asomaba a la recién inaugurada avenida más ruidosa de la ciudad, eso decíamos ingenuos. Les cedí mi recámara y dormí en el estudio mientras se dejaba el par hacer los análisis para indagar qué diablos pasaba y del preñamiento qué. Y es que las maldiciones a mi prima y obligada consumación en el fornicio inquisitorial no tenían consecuencias más allá de moretes, heridas leves, lastimaduras invisibles que Auro cubría con temple, mangas vaporosas y maquillaje. Las tías volvían muy circunspectas menudencias las señales de la cruz haciéndose de la vista gorda.

El diagnóstico de los médicos al fin se basó no en la impotencia sexual imposible en Jaramillo, sino en la prueba de fuego de la esterilidad. Auro sonrió vengada, e irónica me dijo al oído: al fin ya viene la mnemotecnia muy diplomática con la palabra y su cuarentena. Ella sabía, yo no, la seguridad que provoca un hombre completo ganado a pulso y que allí estaba, a su mano, a sus manos, el que le decía al despedirse sin falta, sé siempre joven. Y con el que naturalmente no dejó de arrejuntarse en los quereres, hallando la manera, el modo, la forma, hecho que desde luego amplió el frente de las enaguas de Auro sin conseguir tapar el eminente embarazo de tanto ir al pozo el cántaro. Fue tan real la fantasía, tan aterradora, que el coronado marido asilencióse y adoptó civilizado ensimismamiento como de bien comido cuando lo felicitaban por la buena nueva, o en la casa la familia le bromeaba escandalosa cocinándole platillos preferidos dándole gracias a San Caralampio, a San Juditas, a San Pafnuncio y a San Ramón por el milagro. No era posible, coreaban, que una Santamaría se quedara sin hijos, si para eso habíamos nacido, paridoras anuales; que en mi casa no había "mulas" ni fumadoras, divorciadas, gente que saliera en los periódicos retratada en comisarías. Tuvieron las infelices que aguantar más tarde a buena parte de nosotras sin lactantes frenéticos y peor aún, sin maridos, los que proveían el divino don. El clan de mujeres Santamaría sufrió ominosamente aun hijos fuera del matrimonio, sobrinos mugrosos astrosamente vestidos de hippies, o comunistas, o libre pensadores, y lo que era peor, aficionados a la vendimia en mercados callejeros, casados únicamente por lo civil, o enqueridados con furcias. La anécdota de la madre de Aurora dándole el codo por saludo a la esposa recién casada de mi tío Francisco, quien la llevo de México a la terraza de la casa de campo para presentársela pues estaban en gracia de Dios, pasó a la crónica de lo hilarante dada la ridícula insolencia asestada ya que Pancho y Silvina habían vivido juntos veinte años sin casarse.

Auro cargó el embarazo olímpica, plena de escudos risueños e indiferencia, el único signo de insurrección doméstica fue el cambio de la casa donde tenían su segundo domicilio ella y Eleuterio: el tercer piso del caserón propiedad del abogado Eugenio Sáenz, el cual era destinado a consultorios y bufete en el primero, eternamente lleno como en romería de pacientes y clientes de los hermanos. Alquilaban los dos pisos altos y el entrepiso generalmente no, pues lo dedicaban a guardar en él trebejos y archivos de viejos expedientes. El licenciado había convencido a Jaramillo de vivir en la azotea pintándola de recipiente encandilante de luz, lo cual era verdad convocada. Hablando en plata la luz significaba aquel refugio, con una terraza laboriosa de Aurora con enredaderas atrabancadas, helechos, perterres de nomeolvides, un floripondio abrazando a tres naranjitos en macetones que daban naranjas agrias para la conserva. Así Gene rentó a los Jaramillo las piezas añadiéndoles baño y cocina, y Auro lo convirtió en el sueño de colores tenues y verdura. En mis vacaciones comíamos allí bajo una parra sin frutos a la que le cosía la dueña de jardín racimos de uvas acristaladas con azúcar que íbamos arrancando lujuriosos y nos disputábamos con las chuparrosas. Mirábamos oteándolo en paz al pueblo lechoso de sol, castellano y siciliano, de numerosas cúpulas pechonas que remedaban los cerros desmayados del camino, antes de arribar a la inmovilidad y azoro de la ciudad en aquel tiempo silencia, casi clandestina, digna tierra de conspiradores. Las cúpulas numerosas, amponas y relumbrantes, encaladas o con azulejos algunas, romanas las más, severas, daban la contraseña de la catolicidad seguida al pie de la letra; se diría que allí no pecaba nadie. Y no obstante subía de las calles y callejuelas una oleada espejeante de deseos, un perfume mórbido casi visible, especulo deformante, hipnótico. No visité mucho esa casa porque Jaramillo no me quería como Dios manda amar a las primas políticas; en él palpé la envidia, la que se toca y hiela y asombra porque da la idea de quemar. Mi prima se alejó no invitándome y pensé que rehuía explicar la charada del hijo en su panza si Jaramillo no podía, si hasta a mí me lo dijo caricompungido el doctor Robleancho. Supe cien pretextos para mudarse que alegaban las tías. Y Auro me contó más tarde la verdad lironda de aquellos lances:

Aurora bajaba al entrepiso al dar las doce del día y don Gene salía del bufete, daba la vuelta a la cuadra muy orondo salude y salude y sacaba su llave para subir al entrepiso a su vez. Se bisbiseaba del abogado que entraba y salía ahora sí que como Pedro por su casa. Qué casualidad que le había dado por consultar mamotretos del año del caldo alegaban los curiosos, si antes ni sus luces. Y mira nada más, como si no supiéramos que arriba y abajo están comunicados por la escalera. Y qué casualidad que cuando iba con su esposa la Alabanza, con la hija y el yerno o quien fuera, invitado a comer por los Jaramillo, tocaba el timbre cauteloso esperando como cualquiera a que bajara Auro, la criada o el anfitrión a abrirles y darles paso. Qué casualidad que Auro ya no salía a la calle por las mañanas y su marido quitado de la pena sobándose los calzonazos vendiendo tinacos y aljibes en su instalación de la carretera real a donde, por cierto, construía anexos para llevarse allí a Aurora y el niño que ya estaba aquí, a ver si cesaban un poco las lenguas movedizas. No le pegó a Auro en esos meses pero aquel labio sellado lo encrespó hasta las entretelas, dejando la prudencia de no entrarle a la botella demasiado yendo derechito a denigrarla informándole a quien tenía enfrente del engendro que le había encajado ya saben quién. Todo silencio alcahuetea un misterio, y Jaramillo lo revelaba insinuando, solicitando el consenso como buen cabrón que era más en estado inconveniente.

El parto desangró implacable a Aurora y los testigos temieron por su vida. Parturienta de una criatura minúscula con el cordón umbilical ahorcándola, mis tías se volvían a encomendar a San Ramón y nada más don Gene ni vio ni oyó pues se largó al norte a un asunto urgente de testamentaría. Sus hermanos doctores no supieron ni por dónde intentar el alivio y si no hubiera sido por el doctor Fontanero, hijo ilegítimo del viejo doctor suicidado en la presa, mi prima hubiera sido difuntita. Quedó materialmente en los huesos; como sus hijastras ilegítimas, se carcajeaba, y conservó la delgadez muchos años. Enérgica, tornó al serrallo de las damas locales descollando como la experta organizadora que ha sido desde que me acuerdo, en el entonces del árbol de la magnolia trepado por ella en dos minutos. Nunca dejó de llevar en brazos a su hijo Renato, siguiéndola nuestra vieja nana Enedina lista para cargarlo. El muchachito oscilaba entre la meditación y el llanto angustioso. Me acuerdo de las ferias anuales con vacas exhibidas, caballos, marranos y un cargamento de objetos populares simplemente horrorosos. Lloraba sin límite y yo le decía a Auro que tal vez el ajigolón lo cansara, y que no lo dejara asistir a los crudelísimos espectáculos de las corridas de toros o las peleas de gallos. Era inútil, Renatito presencia obligada al que ella acunaba, le daba el magro pecho contemplándolo y Jaramillo se lo arrebataba para aventar el cuerpecito al aire riendo el padre macho en el lugar común de sentenciarle que los hombres no lloraban, y el niño berreando rutinario. El infierno prosiguió de noche en el toma y daca sexual agrabado por las maldiciones de Eleuterio a la sangre de Renato: ilegítima, maldita, morralla de otro, etc. Y el niño oía, oyó diez años, amadísimo de la madre, abuela, tías y aún de las medias hermanas que de esa manera compadecida lo aceptaron como si de veras viniera de su propio padre, adoptando otra vez el disfraz característico del rumbo donde hacía aire.

Las muchachas Sáinz, casadas, daban a luz a buen ritmo niños menos amarillos, bollos del mismo horno que Renatito pues se parecían. Por fin los Jaramillo optaron por llevar a Renatito a México, de diez años pasaba por seis cuando más, transparente, de ojitos desorbitados seguía llorando, y tuvieron que aceptar era esta vez de dolor, no del miedo que aguantó en las noches luciferinas. Los especialistas del Hospital Infantil diagnosticaron cáncer de la sangre, ¡tenía que ser!, y les dijeron que Renatito estaba en las últimas y nada había en remedio. Murió en su guerra interna, quizá como lo intentó en el vientre de Aurora; no quería vivir, lo obligaron y entró a un calabozo con verdugo.

Al volver a la existencia diaria sin el niño que exigió tanto cuidado, la soledad los hizo castos, indistinguibles el uno al otro. Secáronse las plantas de la nueva casita creada por la madre para el hijo, la pintó de blanco, sembró de árboles el pedazo de tierra del jardín, tuvo chivos y una ternera para las leches del pequeño, los baños y las cajetas anuales, no dejó de lado a los perros Dimes y Diretes, choznos de muchos otros, les mandó hacer una jaula grande con muchos pájaros para que pudiera entrar su niño y tocarlos. Todo ello desapareció con la oquedad que dejara su pequeño. Don Gene retiró de Aurora un pedazo de la vida que le quedaba; fue incapaz de calibrar el drama y el daño que le hacía.

Jaramillo dejó de estar entre nosotros al quedarse dormido vinolento en su coche y entre las ruedas del ferrocarril. Gene enviudó a su turno cuando Toñita, su dulce, dejó de existir de senilidad, ésa de los olvidos y la metamorfosis a pepino. No supo abrochar su blusa, peinar la cabellera larga que fue uno de sus lujos. Se ausentó del entorno desprendida de una puesta en escena nunca de loa y risa, y entonces Auro y Gene se reencontraron, maduros y estimulados, libres como los tordos de la tarde. Perdieron pena del qué dirán, se visitaban frecuentes hasta las madrugadas como si nada. Las Anilinas adoptaron malas caras ofensivas dejando de tratar a mi prima quien continuó lidereando a la sociedad como si no tuviera historia, yéndose con su amor de viaje al norte con el pretexto de las testamentarías que el abogado atendía en Chihuahua sobre todo, lugar que Auro disfrutó con sus calles anchas, las casas de antes todavía en pie, y el campo como desierto, plano y frío que los dos sentían los rejuvenecía, los desentumía con crepúsculos arrobadores y el silencio latiendo, dejándolos oír las venas enterradas bajo sus pies.

Don Eugenio se hizo viejo de buenas a primeras, un día al amanecer y al llevarle el té a la cama era un viejecito estancado entre cobijas. Pocos días duró el encallamiento de su nave, nadie podía creer que fuera a aniquilarse tan operístico, parecería que se le había pasado la mano al maquillista. Mandó llamar a Aurora que ya no visitaba a las Anilinas ni ellas se paraban en sus comidas mensuales, decretaron que la viejura de su padre era un castigo de Dios muy merecido, el dedo flamígero de su madre desde el cielo. Auro entró a la recámara de Eugenio por última vez, quiso abrazarlo y él la retiró tiernamente, daba la idea de mover su mano para que una mariposa posada en su hombro por accidente volviera a volar. Lento metió la mano bajo la almohada y sacó una bolsa de cuero con diez centenarios que puso en la mano derecha de Auro y la cerró conminatorio. No dijo nada, innecesaria ceremonia, la miró desde adentrísimo y una vez más entró en su pensamiento para leerlo y la dejó a ella hacer lo mismo. Ambos deletrearon: A-u-r-o-r-a B-o-r-e-a-l...

VI

Al llegar a la puerta de espejos del elevador los tres nos formamos reflejándonos con nuestras caras de siempre, calcadas, levemente parecidas a las anteriores que llevamos cuando niñas en la ciudad donde crecimos, las bocas más desinfladas, las frentes iguales en la altura, abombada la mía, crecida la de él, cubierta de mechones desentonados la de ella. Cada uno se veía a sí mismo midiéndose, aparentemente ensimismado. Rompimos a reír descubriendo nuestros pensamientos. Nos reuníamos después de dos años en los que Andrés de la Encina y Celia Villalbazo recorrieron universidades extranjeras viviendo sin falta en las breves estancias en casas y departamentos que les prestaban sus amigos mientras él impartía cátedras y ella estudiaba maestrías y doctorados. Se habían convertido en estrellitas marineras, como les decíamos, del grupo compacto donde crecimos desde la nacencia, los de costumbre, compartiendo memorias y hoy dispersos en matrimonios tediosos suponíamos, menos el de los De la Encina, con tantas ciudades realmente vividas, títulos académicos, ensayos sapientes publicados en varios idiomas, existencia internacional que nos asombraba y a algunos les daba miedo; era una especie de misterio, de lo que ignorábamos cómo se lograba; echaban cardillo; Andrés impresionaba desde chico, es cierto, pero hoy más entre nosotros instalados en la grisura un tanto provinciana; era guapo a morir, alto, atildado y extranjero, brillante y culto, pulcro, encantador, un dandy como lo fue su padre y decían mis tías de sus abuelos. Su belleza sobrepasaba la de su gemelo Gabriel; de cabello rubio muy delgado, apenas rizado, que se acomodaba impasible sobre el cráneo, la mirada azul se hacía más pesada, digamos, bajo las cejas claras. Los huesos de su cara, magníficos, estaban allí en los pómulos cantando el aria principesca para que la nariz de buena cepa, recta y los bigotes güeros por supuesto, se alargaran en la sonrisa irónica troquelada en la burla; sólo la barbilla no demostraba energía sino la finura de la casa. Cuando leí la saga de Proust no se despegó de mi imaginación su figura y la de Saint Loup, y al ver la fotografía del modelo, el marqués Boni de Castellane, supe que no me había equivocado. Nunca la moda se alejó de su persona, el toque de la contemporaneidad, si se usaba el planchado impoluto vestía la ropa sin una milimétrica huella ni en las axilas o las arrugas para mí excitantes de la entrepierna; si por lo contrario la moda se inclinaba a un cierto descuido distinguido, se presentaba ante nosotros como si hubiera dormido con el traje puesto en un vagón de tren. Ella, la Villalbazo, le hacía juego tal fotografía de 1950 o vestidos desbastillados de cualquier Soho y sombreros del año del caldo. Nunca he conocido a nadie con idea tan plena de la vanguardia sin pretenderla hacer notar, adoptada simplemente, les correspondía natural.

Por supuesto a ella la edad no la exploraba en su aparente esbeltez, piel intocable por defectos pero sin brillo, como si fumara y la ceniza se le quedara en las mejillas, el pelo leonado y revuelto magistralmente decolorado me hizo dudar si lo tenía igual cuando éramos chicas, al tiempo en que nada más fungía como la hermana de Alesia, cuatas, una fea y la otra bonita, que vivían en el callejón del Tintero, casa de un piso que perdía la humildad de los cuartos de la entrada, oscuros y antecedidos por un árbol descuidado al que estuvo amarrado eternamente un perro gran danés del que me enamoré por supuesto, y me lo llevaba a pasear de la traílla de vez en vez: se quedaba atrás la modestia de la recepción al arribar a una terraza de la propiedad privada del sol, otra vez romana y cuya balaustrada daba al paisaje suntuoso de la ciudad, a su voluptuosidad calcinada mediterránea, siciliana ya lo dije, de impalpables tonos apenas de color. Las cuatas tenían que pasar por la sala con todo y visitas parra llegar a las alcobas abalconadas a la calle principal desde un cuarto piso que los de fuera, los no nacidos allí con nosotros en esa especie de ghetto donde nos apiñábamos por herencia, rechazaban alucinados sin entender cómo subíamos el cerro callejoneandolo hasta sudar e íbamos a dar de lo horizontal a lo vertical campantemente. No es posible, decían, y nos reíamos de su incredulidad otra vez seguros de que nosotros éramos diferentes y únicos, príncipes pobres, depositarios de la sensualidad y el olvido, todo dentro de las habitaciones mágicas donde vivían el sol y la sombra amaridados con olores calientes de carbón y gardenias. No me venían a la mente Celia y Alesia de macheteras estudiosas ni en exámenes, por eso la sapiencia pedante de Celia, el esnobismo de su habla mezclada con palabras del inglés o del francés (una vez tuvo el estúpido atrevimiento de preguntarme durante la conversación cómo se decía *fenêtre* en español, y me di el lujo de inquirirle si se refería a la *lanterne* o *vanterne, dormante* o *pivotante*, o quizás a la *guillotine*). Así se las gastaba la señora de De la Encina. En fin, nos contemplábamos en la carcajada, yo con mi trajecito de fiesta sin gala alguna, atemorizada de ser vista o ignorada. Enrojecí, estábamos muy contentos del encuentro casual en el elevador, como si nos hubiéramos puesto de acuerdo para desquiciar a los demás que sin duda estarían ya en el roof garden prestado para su paso en la ciudad de México puesto que su casa la alquilaban. Andábamos juntos de chicos en la pandilla a la cual abandonábamos para desesperación de Aurora la dictatorial y compulsiva comandante y de Alesia y de Gabriel, que siguiendo las reglas de sus genes no podían vivir sin la compañía de sus gemelos, sus otras mitades. Nos aborrecían envidiando el terceto y ahora que lo pienso, estoy segura que también nuestros ángeles de la guarda sentíanse incómodos pues bien les constaban las barbaridades que cometíamos, los pecados mortales ya no los robos de las alacenas; los ángeles nos acompañaron en las encerronas roperiles para inspeccionar las respectivas anatomías, revisiones deliciosas a cargo de Andrés ya bastante labregón y ya irresistible. Nos auscultaba las partes calientitas para ver si no teníamos enfermedades secretas, que eso era el mal mayor. Los demás lenguaban bien y bonito excluidos de los reinos conquistados por nosotros, nos detestaban. Andrés jugó a ser de nosotras algunos años, el árbol privado del bien y del mal, las selvas intrincadas y tenebrosas llenas de pájaros aleteantes y mariposas escapadas de una novela, lluvia dorada posándose bajo nuestros calzones. Intempestivamente escapó a etapas varoniles donde las mujeres no tenemos cabida; no duró mucho, es verdad, mas lo suficiente para que los chicos llegáramos a la pubertad encontrándonos de nuevo. A mí por lo pronto me ha sido asestado ser testigo de ayuntamientos reales o supuestos. Así me habría de pasar con Andrés y Celia a los que hallé durante una posada el uno encima del otro pujando como ahogados dentro del ropero más grande que había en la casa de él y estaba arrumbado en el cuarto de los trebejos, gladiadores del meneo acalambrados en el pandemónium de la carne joven. Se habían olvidado de mí, del ajigolón de tres no dos.

Claro que los casaron porque Celia se preñó eficazmente y él debía irse a estudiar a la Facultad de Filosofía y Letras en la capital, donde me los encontré a ambos, Celia también siguiendo una carrera sin el plañidero hijo porque se lo encajó a su hermana y a su madre. Ese fue el principio. Los atrapó la ambición y las ganas de ser a como diera lugar algo en el mundo académico.

Presente y pasado se concretaron en ese instante ascendiendo lentamente el elevador. Sucedió como un aguacero súbito el deseo viéndonos al espejo empapados, chorreando la tormenta tropical; Celia tocó el pantalón de Andrés a la altura del sexo que empezaba a abultarse; me estremecí y el espejo me repitió ruborosa y anhelante, hipócrita gozando el rebumbio interior nunca apagado. Nos abrazamos en viaje a la jungla escandalosa, Andrés besó a Celia y volvió hacia mí su cuerpo inclinándose a besar mi boca presurosa y su mano apretó mi pecho que subía y bajaba como los de mi perra ciega cuando la cargo. Fuimos seis personas en los espejos, dos tercetos, una sola acción inclemente, marejada exasperante y los tres alisando los desfiguros de la ropa, controlando la respiración y Andrés intentando cerrar su blazer encima de la erección por la leña seca en el fuego, regañándome amoroso por ser la culpable eterna. Muy serios, vueltos en nosotros, estiramos la sonrisa circunstancial seguros de la no excomunión, fija la vista en la puerta corrediza que ya se deslizaba, en tanto nuestros ángeles de la guarda nos metían en el cuerpo urgentemente las almas empeñadas en el encalabrinamiento. Aparecimos en escena después de revisitar el río encrespado, apagando los rechinidos del aparato trinos y rugidos. El público nos aplaudió no sé por qué y empezaron a chillar las damas y a oírse las frases manidas de los caballeros gritando muy fuerte la amistad compartida, competida. El gran salón se multiplicaba a su vez con muros forrados de espejos que a los dueños les repapaloteaban; el grupo era así doble y festivo, enjoyado, locuaz, conminatorio, yendo y viniendo como un marecito daba la idea de un desorden matemático, un buen manejo de actores de una obra de Ionesco avanzando y retrocediendo gracioso. Dominaban las mujeres apajaradas alrededor de Andrés y Celia; alguien puso en mi mano un vaso de whisky y distinguí lucecitas de velas por todos lados cintilando, las reales y las soñadas en el espejo; se meneaban las falditas cortas enarboladas por piernas cortas, trajes oscuros en sus manequíes parlantes en otros idiomas, de dientes falsos atornillados mortuorios, los perfumes curveaban la atmósfera como bufandas exquisitas. Parecía una fiesta más de otros años distantes, pero faltaba algo, la caricia visible del erotismo, el deseo que se palpaba en tácitas promesas o remembranzas dubitativas, sin probabilidades pero que las mujeres guardábamos sentadas en nuestras sillas turcas a la expectativa. Desde luego no regía un orden para los desplazamientos, eran sincopados sólo, constantes, serenados después del arribo de las estrellitas, muertas las promesas: habíamos entendido que daba inicio eso que se llama edad. Esta era la edad: mulas arrastrando su historia, llagas bajo los arneses. Huecura, ridícula intentona de seducir; sabíamos la tonada, no la letra; reinaba un pudor precautorio sin el resorte de lo que se ansía. Le dije mi idea a Andrés y pareció ofendido; la edad les irrita a los hombres más que a las mujeres, los preocupa y humilla, menguadas las ganas voltean a ver a las jóvenes tal si en sus mechas y desenvolvimientos, su puerilidad viciosa, los senos parados como helados con cereza fueran rumbo a los sismos interiores que nos atosigaban de muchachos. Le dije que teníamos suerte Celia él y yo de guardar el tronco heridor lumbroso. Me dijo que si yo lo creía y me asusté ¿no me quedaba ni eso? ¿era mentira la escaramuza del elevador? Tragué hasta el fondo la bebida que odiaba, tan insípida y babosa, cuya única felicidad dadora era lo frío. Lo nuestro —es un decir— era magioso y aventurero, al acecho de la cacería y con rifles preparados, saracof y cantimploras. Me reí de mi locura —alguien tenía que adorarme—, después de todo veníamos del vestíbulo del teatro principal, de los bajos del foro, desde donde se mueven los trastos creadores de mundos imaginados y laberinto de escondrijos provocadores que nadie sabía más que nosotros tres, y los ángeles de la guarda antes de y después de.

No obstante flotaba débil escarceo en la fiesta, un eco percibible de lo que fuimos. Me senté en cualquier parte pensando que era la coreógrafa del numerito y fui sumiéndome en mi distracción recurrente: borrarles a los presentes la ropa y que aparecieran en calzones, brasieres, pantimedias, calzoncillos a media pierna o truzas desguanzadas por detrás, de apretados resortes en la cintura entretejidas las marcas ominosas de fábrica... zaga-zaga-trueno-trueno... Los semidesnudistas panzones, zambos, firmes como Andrés, sucios en sus prendas ajadas y sudadas que no tuvieron el cuidado de cambiar por limpitas, hartos de la nada. Veo pechos vellosos y despelados, senos de puchero, nalgas desfallecidas de congoja, piernas de hombre en mujer y viceversa. Vuelvo en mí con Andrés junto y su amadísima sombra amiga, la más en mi vida, y su mano en mi muslo y su mirada, campo abierto, seguro como el que es sembrado, simplemente sembrado para germinar. ¿No te has casado?, me preguntó mirándome todavía más si posible fuera (era como si metiera su mano en mi pecera interna y tomara los peces y los apretara y los sacara y se asfixiaran). ¿No te has bajado de la banqueta?, insistió, y le pregunté a mi vez, ¿y tú? Idioma privado con bobas alusiones a pláticas que es absurdo investigar el porqué de su troquel. No. Contesté contundente y además alterada, cosa que me turbó porque era verdad: mis dos matrimonios inocuos, apenas meritorios, representaban quizá pequeñas puestas en escena, copias al carbón de lo que para mí significaba Andrés. Nos quedamos juntos, ordenó y se abrió en dos mi Mar Rojo para que desfilara Andrés triunfante a caballo. Se repetiría el arrobo, Celia estaría allí, o no, asunto que no importaba. Nadie como tú, dije, somos los únicos, declaré pasando lista a mis encuerados que claro, ya estaban vestidos. De pronto se me antojó terminar con Andrés y sus soberanos antojos; qué más daba aumentar mi soledad; él nunca estaba, y si sí, debía compartirlo con la cuata. Despojarme del zurrón. Si he sido capaz de mostrarme a mí misma a los otros en calzones ¿por qué no cambiar de piel?, de esta piel que da muestras escalofriantes de empezar a volverse papel crepé, despielarme como lo hacían los antiguos mexicanos y meterme en otra piel; airear un poco mis huesos y engalanarlos con el estreno. Además mis relaciones tripartitas, las reales, las de diario y sin Andrés, y las cuales ya duraban años, imposibles de romper porque mis compromisos de la carne y del espíritu así eran y mis dos hombres lo aceptaban. Sé bien que el triángulo es una forma geométrica cuya ensambladura me gobierna, es la pimienta del sexo, el clavo del amor, la menta de la admiración, el azafrán de lo irrenunciable. Casados o solteros mis hombres son compartidos y los comparto, solteros o casados, por toda la eternidad seré un vértice cuya condición vital es depender de otros dos, si uno falta es imposible proseguir como una L jorobada; es decir que no significo nada. De chica fuimos tres, con él, conmigo... mis hombres van a sus casas donde los esperan mujeres menores en todos los aspectos que yo, pero con el aura de la cocina, las cunas y los dolores de cabeza. Están con ellos en saraos, de alguna miserable manera los visten, les conceden la respetabilidad, los apuntalan en los recibidores de las casas y sentadas a su lado dentro de los autos y la gente al pasar ellos dice qué bien les sienta el matrimonio, y por fortuna yo me limito a cumplimentar mi risa... Lo importante aquí en la fiesta que relato es mi latigazo de remordimiento imprevisto, de hartadura, de una suerte de asco. ¿Por qué no soy Celia? Nos empinamos en los balcones de su casa del callejón del Tintero, nos grita Andrés desde la banqueta que bajemos para ir al teatro; nos remolineamos detrás de los barrotes y se nos ven los calzones. Yo agarro —de agarrar— por los hombros a Celia y la aviento al vacío y queda un envoltorio de piel en mis manos crispadas. Quería su piel, es verdad. Andrés me sigue mirando con los ojos como dos piolets que lo sostienen. ¿En qué piensas Pascualita?... Me llamo Pascuala en secreto, nadie lo sabe más que la población entera donde nací ese nefasto día de mi santito. Pascualita bailona, Clotilde como mi madre y mi abuela. Andrés me dice Paco o Pascualita, Paclo, Paco por obvias razones. En nada, le contesté porque no quise ahondar en lo que me estaba naciendo, ese hijo japonés con cara de chale, autista e inaprehensible. Ratifiqué mi enamoramiento pertinaz de minucias: cómo se quita el hombre la corbata desanudándola hacia la derecha con movimientos inmediatos, sus gorgoteos involuntarios tal respuesta de aceptación o rechazo, su manejo de un auto que se me figura un cohete espacial tan difícil y contemporáneo como la computadora que sólo picotean héroes cinematográficos y seres superiores. Crecí encorsetada por tabuladores selectivos familiares y que devienen de familias vecinas por los siglos, estupideces clasistas y sus leyes de conducta; en mi revolución independentista deposité el amor en dos hombres sin el sello de las familias criollas blanquecinas y represivas, católicas de apellidos "de antes". ¡Al demonio los prejuicios!, en el principio fueron tres los nuevos caudillos, terceto obligatorio; que se dieran de santos que iba en un par, echando fuera de mí al peripuesto ilustrado políglota, don Guardado que si bien fue cierta la sabiduría amorosa de la experiencia, también hartante la celebridad que lo rodeaba obligándolo a la discreción meticulosa del encuentro con mi persona. Estoy segura que lo pulí en la entrega lujuriosa al grado de inaugurar su nueva vida adúltera aprovechando la ternura que le es natural y los recursos metódicos del qué y cómo; recordé a lado de Andrés la forma en que dejóme de pie en medio del patio mayor del Palacio Nacional en aquella ceremonia republicana donde nos encontramos y en la escena ruborizante del escape aterrorizada y entonces el acercamiento de Andrés que intuyó la pretendida humillación con la adivinaduría que se nos da a los crecidos en el mismo cotarro y a nosotros nomás, trayendo el beso del diablo de muchas existencias entrelazadas en centurias. Digo, dije a la pregunta de Andrés en medio del barullo bien educado: ...En nada, en ti, en la juventud que ya empezó a despegar y estás empeñado en no aceptarlo, siendo quien eres, hermoso en tu designio, el mejor transeúnte maduro, el bello, más que tu cuate Gabriel. Además... te quiero tanto... Volvió a bajar su boca a la mía y disfruté el sabor de la poma que lo caracterizaba, su lengua suave de perrito cachorro, la lava que conducía a mis sembradíos tatemándolos. ¿Conque adelantando vísperas?, oímos la vocecita un poco ríspida de Celia, y la miré como si no la conociera, en las ráfagas de lucidez que le llegan a uno relampagueantes y dejan ver el misterio de lo que somos para los demás, para los que nos perciben descubriéndonos: rotundamente curva, sin obesidad, mas produciendo el impacto de ser flaca, de rostro muy lejano al de la niñez, reconstruido por un doctor cirujano quien se esmeró en la nariz, de gacha a respingada como sorbete. Sin lentes desde luego, ahora la vista le es alucinada, acuosa y parpadeante por los mínimos cristales de contacto. El largo cuello, su mejor carta, operado recuperó los quince años, terso, grácil. Los senos son pequeños, de mandarina siendo creados por Dios enormes; bajo el traje de firma no se perciben las cicatrices de las partes externas, ni las de los interiores de piernas y brazos. Celia es un catálogo de buenas operaciones antes y después de ser riquilla. Alta, camina bien llevando sus piernas delgadas y rodillonas y a mí parecióme desde chicas que doblaba las extremidades para disimular sabia entre las sabias el defecto. En la vida académica es seria y reflexiva, en la privada hacen reír sus gracejadas cultas, sus observaciones de los demás imitándolos despiadada. No es muy original en las expresiones y pertenece a la familia de las asaltadoras de personalidades ajenas o de tonos en la conversa, es decir que si está en Brasil canta como si hubiese nacido en Sao Paulo, en Barcelona parodia. A veces me oigo a mí misma al oírla y retorno a la infancia, cuando Celia, Alesia y yo podíamos sostener pláticas por teléfono y nadie descubría quién hablaba. Es osada y terca en su obstinación de conseguir algo, insiste, no se detiene, y si logra el objetivo y en el ínterin aparece otro, desecha el anterior con elegancia sin tocarse el corazón. Echa mano de artilugios en el intrincado terreno sexual y nos hacemos lenguas del esplén de Andrés, la ceguera o el disimulo homérico, aun en el romance de Celia con el rector de la universidad de Nueva York, comentado en periódicos que llegaron a México en leve escándalo producto de la candidatura del universitario a un escaño en Washington. Celia y Alesia poseen una rara peculiaridad que las identifica: sus manos, las palmas siempre se miran sucias, polvos de algunos lodos con los que jugamos de chicas, iguales a las manecitas de Maripepa Escalpelo, que en paz descanse la pobre.

Celia y yo entreveramos las miradas y distinguí en la suya un irreflexivo odio pequeño, pero como sin crecer, un niñito baldado, enanoide reclamando. De veras me conmoví, resultaban falsas las situaciones en las que nos habíamos comprometido, peligrosas sí, pero plagadas de fantasía y gozo porque a nadie más sabíamos capaz de actos casi papales, de alcobas clausuradas. Celia tenía todo lo que a mí me faltaba: marido, hijo, dinero, fama mundial —aunque de reojo— y sobre todo más años —en esto soy injusta, las cuatas son sólo dos años más grandes que Auro y yo, nada, una pizquita, un polen. Además Celia obtiene con su tipo de mujer éxitos que no me atrevo a pensar me fueran; por ejemplo mi tercer hombre Julio Guardado jamás se hubiera permitido el descolón con ella si ella fuera yo la del patio mayor del palacio, si Andrés mi marido, si todo lo que se guste y se mande... ¿Por qué el resquemor al vernos besar Andrés y yo si estábamos acostumbrados a lo peorcito, si de los juegos de la carantoña con los años pasamos a los desvaríos cardinales instalando tres deseos iguales en el norte, el sur, el este y el oeste? Me da miedo esa gente cambiante y voluble, afecta a la envidia, ¿ella de mí?, ¿cómo?, si conseguimos la buena fortuna, la ventura, se nos hizo colgarnos de la estrella más refulgente, la del pecado original absuelto porque nos amábamos... Celia no me quería, Andrés y yo enrojecimos, él se limpió los labios con su pañuelo del pecho y se acomodó la cadena de la bola de hierro que a veces le recordaba su esposa echándolo al galeote matrimonial. Algo se movió en la concurrencia y nos distrajo. Se había corrido una cortina y en un árbol disecado colgaban seis sacos de pieles, uno de tigre, otro de visón, el de zorros, el de foca, astracán, y coyote que dicen está en extinción. No salíamos del estupor. Iban a ser rifados. Cada una de nosotras lucimos en el pecho un precioso prendedor de números con brillantitos, bisutería es cierto, de muy buena marca. La abocada a gritar los premiados sería Celia que se retiró de mí dándome un beso pequeño y conciliador. Yo rogué porque me tocara el de coyote para no sentirme mal en mi manía defensora de animales, y era el más feo. Por supuesto se me adjudicó el de zorros, pachón, blanquísimo, de Marilyn Monroe, de lujo sin igual, ¿para qué iba a servirme?, ¿de piecera en mi cama donde dormían la perra ciega y el gato cucho? Siquiera fuera el coyotito, dije en voz alta y Andrés me abrazó por la espalda y me susurró que él era mi coyote, Míster Coyote —cojo— añadió carcajeándose, y susurró: además no se puede cambiar de piel, acuérdate... Era verdad de a kilo de oro.

Cada quien está condenado a su presidio, moreno, blanco, amarillo, negro, a su coyote interior, tímido y cazador, de pelos parados y pezuñas de fierro. No existe el cambio de piel. Nos fuimos a dormir cada uno por su lado, es decir el matrimonio De la Encina se quedó en el departamento desbaratado y oloroso, yo bajé con muchos más por el elevador a tomar mi auto, a mi casa sola, mía, sin estorbos ni sobresaltos. Iba a ver a los muchachos De la Encina en la casa de las Santamaría en Navidad; Aurora seguía siendo la gran anfitriona y nos iba a reunir a todos los de antes. Así sería.

Pues ésta es la edad. Con el miedo, sensación atávica, temor agazapado de morirse, mordedura y agobio ante cualquier tarea. Me duelen las manos, mi rostro se desdibuja, se pierde el óvalo con barbilla y ojos de juventud. Mula que jala carreta. ¿Dónde están las manos de Andrés tomándome la cara entera para la iniciación amorosa, cuando descubrimos azorados que Celia nos sobraba, que la erupción era nuestra nada más y ella la testigo muda mirando solamente lo que habíamos construido ignorándola? Una mañana en la Sainte Chapelle de París, observando a las palomas posarse con patitas de alambre rosado en las volutas del gótico helado esa mañana invernal, Andrés me miró como sin par él sabe, arrastrando las huertas, el árbol de las magnolias florecido; la alacena repleta, la falda corta y el encaje del fondo, los calzones blancos, los botones de su bragueta, puerta del cielo, teatro del mundo, los bailes en el casino mirándonos, siempre viéndonos a los ojos y las cuatas, la fea y la bonita, picándose los costillares, la una venida a la vida para cuidar al hijo de la otra, gordiana, enflaquecida, pintada de amarillo la cabellera como los trigales del campo, con sombrero ajado en Nueva York, llena de abrigos de pieles disfrazadas de color fucsia en París, de tirantitos su vestido de muselina en Santiago de

Chile, eternamente codeando a una cuata invisible que cargaba, vestía, educaba y consolaba al hijo rumbo a la soledad y la desesperación. Y me dijo qué amor y le contesté cuánto deseo tu cuerpo y me abrazó y luego en el Hotel del Louvre nos hicimos el amor a solas por primera vez como amantes de película hasta que se hizo de noche y nos seguimos contemplando arrobados y encontrándonos de nuevo entre las piernas, olvidados de su departamento con Celia mirando por la ventana nevar y esperando su vuelta, y yo sollozando entre sus brazos, en su hombro ¡Andrés! a quien busqué en los hombres de mi vida, tan fallidos y tontos, huyendo a las secretarias, a las esposas gordas, a las que tienen la cara de piedra pomez, a las mis aparentes rivales, las sus dueñas. ¡te quiero tanto! le dije y me dijo ¡te quiero tanto! e iniciamos las prácticas amorosas de todos los amantes que han pasado por París bogando desde sus camas, cantando óperas o quedándose en las páginas de los novelistas de América Latina, de los pintores de América Latina, a los que se les mueren los hijos de frío en las buhardillas... ¡Te quiero! —le dije— porque cuelga de tu amado cuello una cinta de seda y un ojo de cristal que vuela como mariposa encima de tu traje de solapas y de tu corbata Hermès y de tu chaleco, igualito a Saint Loup. Y yo a ti, me dijo, aunque no seas mi tipo... Maldito, contradije asintiendo, bien sabía la verdad proustiana, putita-Paco, reviró pasando su mano en mi vientre abierto mil veces y cerrado otras con agujetas dejando a la vista oprobiosa cicatriz blanca besada por él porque era su camino de Santiago, su pobre vía láctea clausurando los hijos que debí darle, altos como él, nada como yo.

Esta es la edad, así como baja disfrazada de espíritu santo, paloma, o zopilote apestando a rata, cabeza pelada y pico encorvado, fétido carnívoro zizañero, remedando el zureo. Las cosas empiezan a dejar de estar en su lugar, ¿de dónde los colguijes?... y la indomable cansancia, los escalones borrosos, tentalear localizando el pasamano, el dardo si atraviesa la idea de la muerte. Mis manos muestran venas sacadas del retrato de mi abuelo, no de mi padre muerto antes de la cincuentena —soy más vieja que él—; las rodillas se echaron intrépidas para afuera, son las de mi madre, y como nos vamos haciendo más pequeños sobra la piel insostenida. Apenas ayer éramos jóvenes, me dijo Aurora y me acordé de la comedia musical en la que le preguntan a la protagonista qué quiere ser de grande y responde joven. Sólo llevamos las muestras de la tela que nos cubrió, el hilo, el botón y el lazo que fuimos. Antes no tenía los dedos chuecos, subía a las montañas como cabra, montaba a caballo erguida, bebía recio, mariscala de campo, y las piernas no trinchaban con dolores después de hacer el amor. Éramos perfectos. Dame un abrazo que yo te pido, le dije a Andrés de niñita pícara y me levantaba dándome vueltas en el aire como rehilete; era el juego, ruego el abrazo que yo te imploro y Saint Loup desaparece de levita cruzada color perla con el monóculo saltando de sus botones forrados, blanca alevilla. Se va lejos, a los viajes, y vuelve a veces sin buscarme y desciende la nieve de la pasión raída. Jorongo de arriero.

VII

Cuando éramos chicos Santito Pelayo quería ser abogado como su padre y su tío el licenciado Sáenz. Se llamaba Santos y mucho le escaldaba el nombre sobre todo por el diminutivo cargante. Lo mejor que Dios le dio fueron los ojos claros de vidrio barato que miraban furiosos a los demás aun en la risa, y la boca de ola, de olán, de suave ondulado y que de grande iba a ser absolutamente apetitosa y contundente en sus discursos políticos. Fue novio de mi prima Auro y compañero de peripecias de mis primos, y por eso está en el pasado presente, un tanto aburrido y hermético, inoculado por la política, mal del Bajío, natural como las biznagas, las confesiones mensuales con el padre Oñate, los informes anuales a cargo de tediosos gobernantes deshonestos, el alcoholismo, la pérdida furtiva de la virginidad antes del matrimonio, etc. Decía que iba a ser presidente de la República y no sé por qué pero todos le creímos ya que ninguno nacido en nuestros lares había llegado a tal altura. Extrañamente se enamoró de la cuata fea, de Alesia Villalbazo, quien no salió del estupor congelante y se paseaba con él agarrada materialmente de su mano, taranta y silencia; Santito, que era un engullidor de calladurías se mostraba complacido y ensimismado. Estudiaba la historia del estado y a veces hacía parangones con lo ocurrido vaticinando que todo era repetible sin paradoja alguna, plano como el campito desocupado de la casa de las Santamaría que ayudó a allanar arrancando los zacates y a palazos para el juego de tenis. Mi padre, que cargó conmigo a sus campañas políticas llevándome en brazos, y Santos Pelayo, son culpables de mi interés por la materia que si bien no logró enrolarme en militancia alguna tuvo imanes irresistibles por oír los discursos de mis amigos en el poder los cuales me parecían mucho más juiciosos que los de granujas curas pronunciando la c y la z enviándonos porque éramos irredentos al infierno. A mí no me importó que Santito fuese engreído, se peinara con gomina y oliera a cuero curtido de la zapatería de su papá. La pobre de Alesia no remontó el súbito abandono de Santos para irse a México a estudiar política; no lo entendía, ni siquiera se le había pasado por la cabeza que eso se estudiara, lo que sí comprendió es el milagro perdido, la felicidad de saberse acompañada, la importancia que adquirió de pronto; Santos se fue en tren llevándose el agradecido odio de la familia de Alesia. Habría de revestirse el mozo con las galas prudentes y sacrificadas en el crisol de los conocimientos porque había pasado el tiempo de los improvisados pico de oro para llegar a donde pretendía. Las ciencias políticas suplieron el noviazgo, y un buen año otra mujer, Purita, tan insignificante y resignada como Alesia, pero con rizado permanente en el pelambre y profusa providencia para los embarazos por las dos leyes, abasteció a Santos Pelayo con nueve hijos rozagantes de tentadores labios hinchados.

Pero como de costumbre me adelanto; no explico la metamorfosis de un muchacho ahorrador de palabras convertido en seguro servidor público, parlanchín por antonomasia y pleno además de heladuras interiores que le dieron el don de mando, los intríngulis de la organización del irrefutable empuje para decidir éste va aquí y ése allá, topara donde ajustara. Volvióse orador en cuanto le dieron voz y micrófono y a poco fue capaz de hablar improvisando loas a los héroes patrios, a tomadores de posesión, a sí mismo en sus campañas electorales a lo largo del suelo natal, con denuncias estremecedoras y suculentos aderezos de promesas. Su paso de jilguerito hablantín, orador obligado y tribuno formidable sucedió lentamente, y después de varias graduaciones y luego becas coronadas en Harvard, donde sumergióse en la verdad de gobiernos, credos y tendencias, advenimientos, mesianismos, derrumbes y guerras insistentes porque los hombres no tienen remedio, poseen vocación exterminadora levantando sus palabras arlequinescas y pedestales construidos para vulgares estatuas de toda laya. Supo que la economía no tiene nacionalidad aunque sea el tórax echado como materia para adelante de cualquier dirigente actual que se respete, economía del fracaso, emperijilada y conductora a la mendicidad. La agudeza de Santos le hizo dudar desde el principio y albergó la sana maña del recelo, de cuestionar cualquier problema de aparente fácil arreglo. Descolló por reservado y cauto; no le costó esfuerzo, poseía el don de la observación taciturna, de ver a fondo sin hacerse notar. Su mutismo nunca nos pareció el de un tonto sin opinión, los chiquillos saben bien qué lo causa y Santito era equiparado con el silente Isaías Fontanero, par de ases de esta boca es mía. Ahora me pregunto si acaso los ángeles respectivos habían entablado amistad, cruzando palabras de viento dulce, o guiñado ojos cómplices a propósito de sus pupilos, silbidos acordados de arrieros. Desde luego el guardapureza de Santos Pelayo iba arribando a la cincuentena y ni por su divina frente le pasaba suicidarse como al de Isaías. Estaba muy satisfecho de ser sapiente en política y fungir en el mejor estilo de asesor de primera y además que se le hiciera caso, lo cual marcaba una singularidad entre sus colegas sopladores de virtudes al oído o toques eléctricos al corazón a fuer de la santidad, y más aún eficacia, si se comparaba con los individuos de carne y hueso, pagados para emitir opiniones y tirados a Lucas. El caso es que Santos iba en caballo de hacienda si se me es permitida la estampa y que en último parangón sería pegaso por las alas.

Santos, Purita y los nueve chilpayates formaban una familia ejemplar, y Alesia se dijo que Pura se le asemejaba, sin sesos ni atractivo, que qué desgracia ella se hubiera quedado para vestir santitos como profecía, educando al niño de su hermana la famosa cuata, y privada de la dicha de desvestir a su santo ingrato. ¿Cómo sería Santos sin ropa?... Alesia colorada pensaba en otra cosa y yo que soy una experta en la materia podría, si me lo preguntara, reseñar desglosando con pelos y señales su indumentaria interior de camiseta con mangas, calzones largos y calcetines con tirantes ya que de niño había visto resorteros en las piernas de los compradores de botines y zapatos borceguíes. Santos no fue presidente, pero eso sí consiguió arribar al gabinete y apantallarnos con anunciada gubernatura en la que no perdimos la fe pues buena falta nos hacía, hartos de mentecatos ilustrados, bebedores incontinentes y gente declarada de la derecha, nada distinta a los izquierdosos con sangre conservadora. Santos será el salvador de la patria chica y lo estamos aguardando. Me topé con él en mis vacaciones y ya en uso de la razón descubrí su atractivo que me había hecho los mandados sin registro alguno. Santos de grande volvióse mi amigo leal, llegaba a la casa a comer sin avisar y nos sentábamos a la mesa levemente embriagados con tres rigurosas copitas de tequila. Yo compraba los vasos pequeños, imitando a los tornillos de pulque, mirándolo bebérselos con sus ojos uva pelada y cada vez me gustaba más. Buen lector, un tanto clásico, tuve que vencer su resistencia y llevarlo de la mano a mis autores de cabecera. Santos se deslumbró con tales fondos marinos y nos comunicábamos frecuentes observaciones de arrogante desprecio o entusiasmante rendimiento. Sus trajes jamás denotaron otra profesión que la política, y yo le insistía en que daba la idea de ser notario de Acámbaro, dirigente de las huestes oficiales de las épocas de mi padre; detestaba sus pantalones color ejote los días de asueto, sus suéteres de Chiconcuac enervantes y rasposos, la propensión a camisas negras que merecían gángsters chicaguenses y su repugnancia por paraguas o bufandas, ni hablar de sombreros, ni cuando iba a Europa; sólo lo vi una vez tocado en campaña con tamaño Tardán de alas anchas que le daba engreimiento de ranchero norteño o agricultor de chiles en San Luis de la Paz. Nadie lo vio desidioso en el trabajo, menos aún negligente en el vestir, y el envaselinado de niño desapareció, hombre pulcro dejó atrás el tufo de los cueros de la talabartería y cuando me abrazaba su olor a lavanda alebrestaba el abrazo. Sentía en mis mejillas y orejas su pelo libre y lacio dividido a la mitad.

Una vez me invitó a usual reunión partidista que me causó enorme cúmulo de preguntas de cómo aguantaba horas y años el tenso fastidio aburrido, la plaga de oradores sin tuétano ni sacramentamiento, divagaciones de señoras grises remedando ambiciones lamentables varoniles y que llegaron a puestos de rebumbio, enriquecerse y atornillarse junto a sus choferes en el asiento delantero de camionetas funerales. Si bien la política me jalaba poderosa la sola presunción de entregarle mis horas de escritura y leer con el hambre que lo hago, me excluyó de cualquier intento adherente. Mi trabajo de investigación, dar clases, conferencias agotadoras en principio por mi irredenta timidez que me obliga a agarrar por las orejas a mi burro interior para entrar a cualquier lugar, ayudada claro está por mi ángel de la guarda aventando al animal por las ancas. Santos se reía mucho de mis descuajos en las explicaciones, pero ese día en que lo miré en la mesa de honor presidir la conjugación partidista entendí mejor que nunca el cambio que se incubaba y nacía en cualquier político. Al pasar a mi lado rumbo al presidium Santos me saludó con tal frialdad que casi opté por largarme, pero entendí allá adentro que se trataba de un normal control de las emociones ante los demás para que ni por asomo apareciera una turbulencia afectiva, una relación, una muestra de amorío que pudiesen los demás deducir si me hubiera estrechado como lo hacía al entrar a mi casa. Lo vi tal águila, rapaz, observante, listo para saltar a un acantilado, hasta cruel pasándonos revista, quizá ausente su pensamiento tal ave de presa que pasea en el aire a la espera. Al mirarme le guiñé el ojo cómplice y siguió adelante ensimismado en su papel. Si otea en esa circunstancia Santos es arma mortal; el destello de sus ojos gélidos, transparentes, implacables; lo más espantoso es que no dan la impresión de ira o calma, sino que no dicen nada, cero, ojos ciegos troquelados en un busto de cualquier jardín municipal. De pronto baja los párpados y su mano izquierda —es zurdo— escribe consignas, pero habría de saber, al terminar la asamblea y escudriñar de ladito el lugar en donde estuvo sentado y sus papeles olvidados, que no eran frases ni mucho menos, sólo rayas, círculos, una cabeza de pájaro con el pico agudísimo y creo que un zapato. Deja el lápiz, mira regresando a los que allí estamos contemplándolo y joven, terco, nos vuelve a afocar sin que nuestros rostros penetren en su cerebro; es una cámara de video para fijarnos en su recuerdo *a posteriori* si lo necesita. Entra a la realidad y saluda a alguien a lo lejos imitando la calidez que en política no existe, es peligrosa o como de papel estraza, barata, desechable, olvidadiza. Vuelve a su mundo de hierro, habla, da indicaciones, asienta, acuerda con rapidez algo. Se levanta, responde al aplauso con la mejor sonrisa de plenitud y así sale siendo tocado, le aprietan la mano, le piden citas, me ve y apenas pliega sus labios carnosos. Se va. Es un líder.

Ese líder ha podido vivir sin mí toda la vida y él no me interesó ni un ápice; nada más cuando fincamos nuestra amistad en los libros, las comidas a solas, algunas idas al cine a la última función, como escondiéndonos, las visitas a las exposiciones de pintura que le obsequié para abrir esa nuez de su corazón político, tal el de los reos de culpa, de penar, de redil que cargan sus contlapaches. ¡Mira! le decía una noche en la esquina de Madero y el Zócalo: ¡cómo la Catedral es un trasatlántico bogando en la niebla, un cohete espacial arrancado hacia el infinito entre brumas, vapores y niebla! ¡Mira el milagro que nos deparan los dioses! Santos volvió cara de águila aguzada y madura y me miró como nunca lo había hecho, trepanándome, tomó mi mano estremecido por no sé qué tormenta espacial pues íbamos ambos rumbo a Marte a encontrarnos con la nave madrina, solos, más solos que nunca y más encontrados. Nos calaba el frío y Santos llamó al auto que nos esperaba oculto tal delincuente, y el chofer lo enfiló a nosotros acercándolo. Nos trepamos y Santos no habló una palabra, sólo dio las órdenes de a la casa de la señora. Yo sentí que mis temblores de tierra los fuera a comunicar a la mano que apretaba la mía, la suya más blanca, de vellos en los dedos, hermosa y seca, se parecía a la de Andrés de la Encina, ausente inclemente. Frente a nosotros la ciudad oscura cintilaba con la iluminación navideña, dejamos atrás el centro sin un alma, rebrilloso y amarillo; acabábamos de oír las campanadas de las doce y sereno en el reloj de la Catedral; no caminaba en las calles ni un desvelado, como si acabara de anunciarse la invasión marciana de Wells y la gente supiera el fin del mundo y rezara atrinchilada tras las puertas de sus casas.

Tuve la escalofriante idea de no llegar a mi cama porque una bomba explotaría. No hubo preguntas a Santos, ¿para qué? el no hablar apabullante era sagrado y ritual, esperado toda la vida, en los combates de flores en el autito de mi primo Enrique ellos, los muchachos de antes, y nosotras, Aurora, las Anilinas, las Grovas, las Amador, etc. arrebujadas en las carretas de la Presidencia que jalaban dos caballos viejos prestados por el licenciado Sáenz. Todos a las carcajadas de quince años, atiborradas nosotras de flores multicolores percibiendo sus perfumes al mareo y burlándonos de la seriedad de Santos al pasar rapidísimo en la memoria siendo el más certero en el tino de los floripondios desarmándose en plena cabeza. Entonces y entonces... Fue cuando Auro dijo ese hombre ha de ser la pasión misma, un conde de Montecristo saliendo del calabozo interpretado por Emilio Tuero. No sé por qué demonios yendo a mi casa abriendo la madrugada en el moderno automóvil de Santos, recordé esa advertencia de mi prima, aluzada sin falta de premoniciones.

Santos no me apercibió ni una sola vez, parecía que él iba manejando absorto en el tránsito escaso. Tuve miedo, mas también una excitación intempestiva que Pelayo antes no me había provocado ni de chiste, me daba sentimientos de olas en mis aguas de adentro, mi lago tranquilo con meneos a sus horas, pasivo por las lejanías de mis amores, de Andrés, al cual en el fondo poco extrañaba pues nuestra constitución así lo exigía: él lejos y yo cerca de mí misma sin él. Lo único que rogaba, además del deseo implantándose, era estar a solas para meditar la novedad. ¿Qué me importaba a mí de Santito que no fuera a comer con él en un restaurante lujoso, ver películas de la reseña, oírlo por teléfono hablándome desde un avión sobre el Atlántico? ¿Por qué sin más su mano quemaba, atenaceaba, por qué me daban escalofrío sus ojos de vidrio verde? Al llegar no me dejó entrar sola después del adiós, subimos la escalera agüitados, como si viniéramos de un velorio. En la salita nos sentamos cada uno en su sillón invariable. Y dijo: entonces esto es así... ¿qué? retobé asustada, el deseo, dijo, el amor... Y allí estaba colgada al fin la vista en mis ojos como si quisiera saber en dónde había escondido el arma criminal. Me levanté o alguien desconocido lo hizo y me acerqué a sus rodillas, abrí las piernas y me senté en las suyas como si iniciáramos un rapto de las Sabinas o algo así escrito miles de años antes; me tomó la cintura acercándola, los riñones como diría D. H. Lawrence, y su todo al mío besándonos quedos en la agonía, meciéndonos agobiados; traté de sentirlo entero más todavía pero sus labios colmaban mi apetito, íbamos a caballo, en pegaso remontándonos a las regiones de la respiración intrincada; su boca par, cumbre contemplada desde la bastilla de la montaña, conseguida, suave de seda, tímida, franja de silos repletos, campo sin fin de trigales y alfalfares, los montes sin dueño, bosques de pinos que crecen en las cimas, soberanos aromados de alcanfores. Podíamos captar desde arriba del beso la línea azul del mar como lo hacíamos de niños en las excursiones echados en la mera cumbre de La Respirona. Cabalgábamos en el principio del mundo, de los inventos de la plata, el oro y el mercurio, éramos gambusinos de los interiores de los labios, de la punta de la lengua, de las lenguas, nos poseíamos en la boca y no queríamos bajar del cielo escoltados por nubes iridiscentes. Nos tendimos en la alfombra sin palabras, escuchando el roce inaudito de las dos pieles de los vientres y el zumbido del millón de abejas de los pechos que se mezclaban con el sudor y el bendito esfuerzo rítmico del tiempo imaginario, el del sexo amoroso, tan parecido al ritmo de la conciencia creadora, la de frases ininteligibles, de pensamientos a la par arando materias reconocidas. Este hombre abajo de mí, encima de mí, de vellos rubios, acerado de carnes, bien hecho, bien formado, bien creado por Dios, era mi legendario amigo silencio de la infancia, mi coterráneo cuitado de solemnidades, obsequiador de sorpresas puesto que bailaba espléndidamente en las fiestas del casino, y sabía ser impecable compinche, compañero de andanzas aunque se velara tanto oscureciéndose, se observara demasiado, se eximiera de locuras juveniles luego pensando que iba a ser presidente de la República sin haber sido educado por nadie para ello. Próvido y cuidadoso me hizo el amor con paciencia pero sin sapiencia. Para mi turbación estaba muy bien dotado por Dios bendito mas no había practicado los ejes y las cuadraturas de tan cuitado por los quehaceres políticos. Tuve la confusión de que Purita, su dulce, era una boba de remate, papa enterrada, simplona conyugal, cumplidora embarazada en un dos por tres sin garigoleos imaginativos, que hacía lo que te platiqué tal pegarle un timbre al sobre y echarlo por el buzón escribiéndole al destinatario a domicilio conocido. En cuanto a mi amoroso aprendiz Santos le urgía un seminario posesivo con nomenclaturas e indicaciones en claro español y asiduidad que estuve dispuesta a ofrecerle, si se le ofrecía, indefensa repetitiva. Mi Santos cerró los ojos de los que yo colgaba mi vida y trató de recuperar la calma. Entonces esto es así... el deseo, el amor, dijimos al mismo tiempo y nos reímos.

Creo que la risa amorosa es la caja enlujada en donde se guarda el amor para que no pierda color ni tersura; si no hay risa el sexo se desbarata enmudeciendo, se torna la pareja en un quítame estas pajas en casada con niños, la suegra, los criados, los perros, un ejército invasor plenipotenciario de los ayuntamientos. No es posible conseguir de balde levantar los vuelos que acabábamos de trasponer si el hombre por ejemplo está pensando en reparar el techo de la casa resquebrajado por la lluvia y la mujer en cambiar la cita con el peinador. A esa pareja se la llevó la hilacha, no hay nada que hacer más allá de la vuelta del guerrero adúltero a la cama bendecida y su servidora a investigar bien a bien el matrimonio en Mesoamérica.

Santos Pelayo vivió conmigo un romance en buen romance, aprendió los queveres de la relación celada, subrepticia cuya esencia arrebatadora al principio se fue convirtiendo en monserga porque su servidora es necia acaparadora del tiempo de quienes son amados por ella y aunque me reprochara el absurdo quiero desesperadamente que duerman conmigo, ir a Nueva York a beber vino blanco frente a Central Park, realizar actos mínimos como alquilar una trajinera a media noche en Xochimilco para mirar la luna de octubre en noviembre hasta el amanecer, no es mucho pedir, lo hicimos una vez arriesgando su investidura política alcahueteados por su chofer y sobre nosotros una batalla campal entre su ángel, de Santos, y el mío, el uno desconcertado recitando los juramentos matrimoniales y en el pánico de qué iban a decir las órdenes celestiales, y mi pobrecito ángel sabiendo que pese a sus mojicones iban a perder los dos a la par. Santos empezó a desesperar de tanto ajigolón al mismo son que a su servidora, la cual notaba que al irse distanciando el uno del otro le entraba una incómoda aridez volviéndose ácida, desabrida, aceda en su relación con el enqueridado el cual a su vez atendía aluviones de compromisos a lo largo del país, además de los consuetudinarios partos de Pura y sus recelos. Varias mañanas me atrapé maquillándome y diciéndome en voz alta que no regrese, que no vuelva, me estoy ahogando en un pozo de arena, ya no lo quiero para nada. Por obra del Creador o del gobierno Santos percibió que los hilos entrambos se habían zafado y sabio optó por fingir desconocimiento de causa mas ausentarse oportuno; la entrega a su carrera encaminada a ser presidente fue el pretexto no dicho, y yo quedéme boyante con la solución de salvar el nombre de Pelayo por su bien promisorio y la paz en familia.

Vivir es un sucesión ensartada de curiosas experiencias semejantes, equivocaciones al tropezar con la misma piedra y el reconocimiento del porqué. Vivimos sabios irrazonablemente, sabiéndolo pero ya sin pena, despenalizado, doliente sí pero no doloroso. Este es mi sayo y a él me atengo, sé lo que sigue, ya vi la película y me la sé de memoria, de cualquier modo los primeros rollos son formidables. Así me dispuse a resistir sin encono mi destino, a encontrar a Santos muy serio retratado en los periódicos o declarando enérgico en la ventanilla de mi aparato televisivo, siempre viéndome con sus ojos de vitral sin verme. Hasta que una noche sonó el timbre de mi puerta y en camisón me asomé precavida por la ventana ¿quién es? Por supuesto bajé la escalera a trompicones al abrazo de lavanda, a su pelo que pesaba más y con algunas canas, a su boca de fuego, de oro, de jugo de caña, regio clarín de la anunciación. Pero no había oscilaciones, amigos, rientes, manando noticias, saltando obstáculos a pierna suelta, con mi caballo y su pegaso observándonos montados por los ángeles dubitativos aún. A buen trote lista de libros leídos, saudades en rincones de ciudades lejanas recorridas abrazados, y nos aventamos como dos girándulas a la amistad otra vez amamantándonos sin tocarnos, guardando el mal pensamiento si se aposentaba muy quitado de la pena y los angelotes temerosos. No Clotilde, no toleraría perderte otra vez... ni te me acerques Santito, ni tanto que me quemes etcétera, así está bien, cada quien con su cada cual, o cuales ¿por qué no?, y dime ¿en qué número de hijos vas? Los que no quisiste darme... los que no nos dio permiso ni el partido ni la secretaría de lo que regía entonces. Fui gobernador, te llamé conmigo y me mandaste al carambas. Al carajo, Santito, fuiste gobernador y me aburriste a morir. Pero estamos juntos, y no hemos envejecido. Creo. Creo.

—Santos: ¿has resuelto al fin lo que es crecer? ¿Cómo se crece? ¿Cómo se es viejo? Veo a los jóvenes y te juro siquiera me roza el que no sólo ya soy grande, mucho más que ellos, sino que de pronto sin dispensa seré vieja... ¿Qué pasa pues? A la mejor ésta es la edad que trabaja dentro de nosotros, y ha de ser más natural, menos traumática en ustedes los padres de hijos que en nosotros, medidores de los años borrándolos, ocultándolos, reduciéndolos. ¿Cómo se crece?, porque si me encuentro a alguien, quien sea, me digo que es más joven que yo y son tembeleques viejezuelos, carcamales al borde de la tumba. Y digo ése es mi castigo, que es lo que me grita Aurora encolerizada porque no asumo mi edad y creo que soy igual a los actores que salen hoy en la televisión, escolapios como tus hijos y mis sobrinos.

Clo: tú eres mi edad, mi espléndida oriflama de oro y fuego. Mis hijos son huéspedes en mi casa y se van yendo uno a uno, a estudiar, a casarse, a lo que se les ocurre. La menor ya entra a secundaria, una de las tuyas; Pura es el peñón, la verdad ¿y la furia?, pero ninguno de ellos ha vivido un instante de los que tú y yo quizá desperdiciamos y no guardamos para luego; desde que medías cincuenta centímetros y yo un poco más. Tú eres mi edad, la amasé contigo, es tu don, tu dádiva.

Santos Pelayo es mi primer hombre muerto. Poco tiempo después de ese reencuentro se fue en un avionazo en la Unión Soviética. Habíamos quedado de vernos en París "como siempre" y hacer un intento de reconstrucción, mandar todo al diablo panzón y ponernos a vivir juntos. No fue así. A veces despierto en la noche por el golpe imperceptible de un ramo de flores en la frente; es tan real que mi recámara huele a jazmines y la vieja gata se levanta de la cama arqueando el lomo. Santos. Daría lo que me queda de vida si me fuera dado capturar su mirada de lago escocés una vez más, y sé que un día recogeré las flores que yacerán encima de la colcha y las pondré en un vaso de vidrio verde.

Carmen Parra

VIII

La muerte de Santos Pelayo nos horadó en el pecho una oquedad tristísima. Nos tomamos de la mano en la distancia para consolarnos. No había modo, la separación instituida como heraldo de lo que se nos tiene prometido hizo vacuo el tiempo, inútil la risa; buscábamos vestigios en sus hijos, la boca de Santos en cada uno, resucitada primero en apretada seriedad, y más tarde, al encontrarlos en las vacaciones, ya rientes, enseñando las dentaduras jóvenes como la suya tan llena de mordeduras leves de perrito que busca el cuello y juega, olvidados de la orfandad a la que nos tuvimos que acostumbrar porque nadie llora con la cucharada de nieve de guanábana, el trino pajarero que responde al sol, quizá al oír los adagios de Albinoni y de Mahler nada más, que Santos escuchaba ahuecado y serio en mi estudio mirándome desde el último escalón de sus ojos inquisitivos de follaje verde, tal vez la pena al repaso de sus hacedurías que su familia extrañó y fue borrando precautoria para que solamente yo las reconstruyera. Temí tanto que se fuera, se agostara lo que sentíamos, que entendí al desprendernos la enorme verdad de Faulkner avisándome que antes de ser ya era, y la imagen de mí misma viajando en auto y sintiendo pasar el presente desde el cristal trasero como los niños que juegan en los coches de sus padres a la contemplación del paisaje y al irlo viendo instantáneamente entra al pasado irretenible. Cuando es ya fue, me dice mi prima Auro guiñando los dos ojos para dibujar con tinta china un subrayado a lo que enunciaba con aires de síbila o remedando al padre Oñate en sus fervorines inspirados, o en las pláticas con mis tías las veces en que había enfermo en casa e iba a confesarnos en grupo compacto para darnos la comunión. Cargo la obsesión de reconstruir el pasado que ejecuto meticulosa en fechas claves de mi infancia: si es Viernes de Dolores instalo el altar de naranjas alfilereteadas con banderines de papel de oro, trigo germinado, aguas frescas, e invito a mis hermanos, los cuales maltratados por la vida van a visitarlo para pasar revista a las fotografías de mis muertos entre las que, por supuesto incluida luce la de Santito cuando era chico. ¡Ah, qué Clo!, murmuran. O atiborro de banderas tricolores en septiembre la sala y el comedor donde como sola rodeada de lábaros, y no dejo escapar las navidades sin canastas garapiñadas de esferas de aquellas pesadas y descoloridas de la casa de mi abuela, guirnaldas que yo misma ensarto, y el nacimiento ya bastante mermado y el cual, confiésome padre, cada vez colocarlo me da más flojera, hasta el día en que deje de festejar en diciembre lo que al final de cuentas a nadie le importa, ni mis velas que enciendo rodeadas de muérdago para mis sagrados alimentos sin compartirlos, pero ¿qué acaso no me amo a mí misma como a los demás? No, creo que no.

Mis once tías ya murieron, las maternas, y los once paternos también, incluyendo además a mi padre y a mi madre, hermanos por docenas; los míos tienen sus propias familias; mis sobrinos son personas ajenas que estudian fuera del país, se casaron o han desaparecido de mi conocencia al grado de ignorar sus nombres y sin falta sus caras. A veces al reunirse los productos con padres rememorantes de la familia en fiestas que organiza la necedad incorregible de Auro alcanzo a distinguir a mis tías en ciertos peinados de sus nietas o iguales calvas sorpresivas en nietos herederos de los Teruel, es decir del marido de mi tía Otilia Santamaría, Damián, el gentil hombre que me educó silencioso y bueno y habría de morir viejísimo hablando con sus hijos muertos día y noche, apenas durmiendo, y en el reclamo de las cuentas de su negocio, las sumas que debía y le debían hacía treinta años, apenas reconociendo a los que llegábamos a saludarlo a tientas porque era casi ciego. Interrumpía sus negocios enquistados en el recuerdo y lograba visualizarme y preguntar ¿quién eres?... Soy Clotilde, tío... ¡Qué bien disfrazada vienes!... Ya no tengo familia, digo, es un decir, pero no soy el tema sino mi prima Luz de Ceniza Almería Santamaría, nuestra Cenicienta porque nació un miércoles de cuaresma y su padre se empeñó en bautizarla así. Ceniza pues, llevaba el apellido paterno por derecho y no como nosotros denominados los Santamaría sin darle créditos debidos al Teruel de Auro y al Casavieja mío, de prosapia en el estado, en Celaya, donde los Casavieja se multiplican desde el enramado que comandaba la tía María en el casco de la hacienda La Quimera, obligando a su irredenta soberbia a considerarla aún enorme y de su propiedad durante su largo camino de revolucionarios despojos que ignoraba olímpica caminando con la cabeza erguida, altivo ejemplar de mujer que nosotros imitábamos en la guasa pero fuimos incapaces de heredar, a menos que su garrido paso por la vida guapeando solitaria eso fuera, el soportamiento de su nombre. ¿A quién pues se le ocurre llamarse Ceniza? Por naturaleza le decíamos Tierra, Terregal, Polvorón, a ella, varita de nardo, larga de huesos como su padre don Justo Almería, hijo de españoles de muy buen ver. Una tarde calurosa como las del otoño cuando empieza, Luz de Ceniza obtuvo uno de esos triunfos que se dan en la vida muy pocas veces con hijos únicos: Sixto Palma, el chico guapo avecindado en la localidad desde niño y llegado del estado de Veracruz, se enamoró de mi prima. Reacio a cualquier sentimiento que no se afincara alrededor de su madre viuda, exiliado de su tierra y nunca bien hallado en la de su padre, y educado a mimos y castigos por su madre doña Sabina Santander, columna irreductible de la buena cuna papantlense, muy parecida a mi tía María, de acero voluntarioso, sacra institucionalidad del cuerpo, sin solazamiento ni distracción, encarcelada en caudales imaginarios y que nada más enviudara peló gallo a refugiarse en Papantla, en su mansión según contaba, aceptando por un tiempo separarse de Sixto para que éste se quedara en nuestra provincia estudiando derecho en el Colegio del Estado productor de los mejores abogados del mundo entero. También para Sixto el cercenamiento lo endeudó aún más en la dependencia con ella, y corría a su lar en cuanto llegaban las vacaciones para adentrarse en el calor solar expurgado de otro aroma que no fuera la vainilla. Ese olor de nacimiento se le quedó impregnado en el cuerpo desde niño; era rico acercársele, daba tibieza su aura y desataba la imaginación implantando la selva y los guacamayos, un exotismo peculiar que nosotros los bajienses no poseíamos, sembrados nopaleros en campos secos durante el estiaje y reverdecidos un tiempecito como para darnos una idea de humedad yerbera, avanzadilla de la naturaleza que boqueaba en cuanto la luz y el solazo implantaban de nuevo la alfombra gualda de zacatones. Sixto pues vivió dividido entre los estudios y la pandilla de mis primos, amén del riguroso busto materno de respetable cobertura. No eran senos los de doña Sabina, sino soluciones elípticas de un escultor feroz y feraz. Mi prima Ceniza daba la casualidad de que gozaba de tales redondeles delante del corazón y suponemos que eso atrajo a Sixto en principio, la opción de entrar a su etapa mamaria y el derecho a toquetearla un poco, apenas lo decente que Cenicita merecía, ambos jadeantes de bufiditos excitados.

Muchacha chula y solitaria se dejó ir con Sixto quien además se decía heredero de grandes comarcas tórridas que imaginaba incandescentes. De buenas proporciones él, bien repartido, alto e imponente como la madre, para mi gusto muy escuálido pero eso le daba aires novelescos, el niño creció acuatado con la bola de chamacos maldosos, robadores de ropa tendida en las azoteas, especializados en calzones a los que les quitaban los resortes y colgados en los mecates lastimables quedaban mutilados. Dicharachero y entrón con los muchachos, espantosamente tímido con las chiquillas, poco dador, con fama labrada de avaro pues ni compartía, ni pagaba nada, ni menos invitaba siquiera a tomar una soda, roñosillo pero no cicatero, un poco tacaño para acabar pronto, vicio de no dar que de grande le notó Cenicita en la manera de tomar su mano: con el pulgar y el índice apretando un par de falanges masajeándoles las uñas... De todos modos mi prima estaba muy complacida aunque la plática le diera vuelta incesante a la progenitora en los relatos de las costuras que hacía, comidas suculentas y conservación de muebles de antepasados veracruzanos prósperos tlacotalpenses para mayores señas.

Ceniza recibió la invitación de doña Sabina para ir a pasar unos días a Papantla en vista de la próxima recepción abogadil de Sixto y la seriedad del noviazgo, mal que bien la conocía desde chiquita, y la raya en el agua consistió en el permiso concedido por mis tíos pese a poner en peligro la honrilla con aquello de la pared de cal y canto y los soplos del diablo, más aún en aquel clima de gente caliente. Mis tíos dijeron sí escaldados de la soltería de Luz de Ceniza y los fuimos a dejar a Sixto y a ella a la estación de ferrocarril eso sí chaperoneados por la anciana Enedina que mis primos Teruel prestaron para la aventura.

Luego me iba a enterar de lo que allá se escenificó en la vida de Cenicita: la mansión de los relatos amorientos no era exactamente la esperada, sí antigua, y esa palabra se desmoronaba con los años, vieja, descarapelada, semiderruida, friolenta de tantas puertas sin embonar, ventanas desvidriadas, muros hendidos y tiznados, y sobre todo quebrados por grietas y mal cobijados con techos de otros fastos y epopeyas, resquebrajados abriendo hocicos, colgajudos y más descoloridos que un folio del licenciado Sáenz. Muchos cuartos desahogados, y aquí la palabra trastoca la invasión de salitre y mojaduras y no obstante polvosos, urgidos de que las chimeneas de pomposa decoración se encendieran en buenas fogatas que la muerta familia de Sixto prendía en diciembre con los cruentos inviernos. La pobre de Ceniza se asustó al principio; su alcoba era venerable en toda su extensión, en la noche tronaba y no daba permiso de conciliar el sueño como si estuviera viva —una trucha debatiéndose en la danza— hasta que Sixto apareció fantasmal a meterse en su cama tembloroso y de seguro afrailado de tan mala cara; lo primero era evidente y la segunda en la tiniebla la suponía, enfurruñamiento como horma en cuanto el erotismo se le colaba por las entretelas. Ceniza se dejó hacer, no faltaba más si se iba a casar con ella en la parroquia y todo, además era cosa urgida, hosca se había vuelto la gana a toda hora, en la del rezo de doña Sabina, en la del comedor tres veces diarias, en la de tejer crochet en el corredor bebiendo aguas frescas y en la sombra enfrentar la canícula atardeciente, y cuando se daban las buenas noches reteniendo la mirada de por sí ladeada y poco fisgoneadora del novio al que la vainilla se le subía casi tocable al lúcido perfil y percibía Ceniza atarantándola del deseo que heredó para a la mejor darle por su lado. Ceniza querida, tan gentil y de mala suerte, ratificada por las torpezas del amante pésimo en los trotes de la carne. Doña Sabina que la había conocido desde pequeñita la anfitrionó con humos de virreina y pruebas en la cocina, en la costura, en la jardinería y así. No la quiso, evidentemente, mas hipócrita la colmó de aparentes atenciones al grado de contarle que tenía guardado un diamante de oro, su gran tesoro. Cenicita no pudo pensar bien en el diamante de oro y su significado porque doña Sabina cayó al suelo de la mecedora en súbito desmayo que la dejó blanca y haciendo juego con el piso. A gritos vino corriendo la nana Enedina y entre las dos la llevaron a su cama.

La señora dijo estar muy fatigada y lo dijo como si dijera grave; la nana le aconsejó hablarle a un doctor sin esperar a que Sixto llegara, y en ese momento el hijo pródigo entró a la recámara, se dio cuenta de lo acontecido, dio la vuelta, salió y no le hizo una sola visita más a su madre. Las mujeres no ataban ni desataban. El novio le comunicó displicente a la novia que así era la doña ante problema real o urdido por su voluntad en cuanto algo o alguien la molestaba. Por desdicha de Lucecita polvorosa no había sirviente ni pariente a quienes acogerse y resolvieron seguir allí mientras la enferma dejaba de resoplar como fuelle y daba por terminada la actuación de primera. Sixto dedicó más tiempo al juzgado a donde iba a trabajar por las mañanas y mi prima desayunaba, comía y merendaba ante una mesita y al lado del lecho de la señora que por ratos parecía revivir encantada con la enfermera, y aunque no platicaba casi nada le rogó varias veces que no le fuera a decir a su hijo le había revelado la existencia del diamante de oro. A Ceniza ya se le había olvidado la dichosa piedra que no entendía cómo sería de oro, o los diamantes de la abuela, transparentes unos y amarillentos otros estaban sí montados en oros de tres colores pero no... Sixto redujo sus asedios, juguete aburrido. Siguió yendo a dormir con mi prima, pero a lo que se llama dormir, y a las caricias, a los topes con el cuerpo, a la mano en el muslo, a los leves testereos, una noche le soltó a boca de jarro ¿por qué eres tan caliente?... Ceniza sintió que se volvía de madera retirándose a la orilla de la cama. Es el clima... respondió todavía queriendo ser inocentona pero Sixto se echó boca abajo defendiendo inconscientemente el arma con la que Dios lo titulizó. De allí en adelante durmió las horas que le correspondían dándole la espalda y sin quitarse el calzoncillo blindado, parapeto de castidad. Se iba como llegaba, sin decir por ahí te pudres. La doña ni se movía; eso sí, entre sus sábanas que le tendían sus dos alojadas y recibiendo a las visitas que consideraba conveniente la vieran agonizar. El panorama se pintaba tétrico y el médico sin venir porque Sixto lo impedía. Ceniza pensaba seria en retornar a su casa y le apretaba las tuercas Enedina refunfuñando en irse sin bulas decentes y con los platos rotos. Retobos. Mi tía Otilia le hablaba los sábados en la noche para hacerla tomar las de Villadiego, que dicho no era sino la verdad de unas parientes lejanas así apellidadas que varias veces decidieron arriesgar su sacramentalidad reculando al llegar al rancho de Las Tinajas. Pero, contestaba Luzceni ¿qué hacemos con doña Sabina si está sola como luna? ¡No es posible, gritaba mi tía, deja allí a Enedina, te quiero ver aquí y ya!... Y si no tomas providencias voy para allá, eso voy a hacer muchacha necia.

Ceniza amaba la casa en ruinas, el patio enaltecido de flores y con una palmera en medio muy grande y meneadora y que subrayaba por supuesto el apellido de Sixto. También había una estatua de yeso mal hechota, una matrona en cueros casi cubierta por una enredadera enmarañada, su belleza era la más viva y la hacía estremecer. Todas las mañanas la regaba y con un paño empapado en cerveza iba limpiando hoja por hoja de tal suerte que relumbraba cardilleando un lado del jardín para solaz de ella en el rito de las aguas de sabores en el corredor, indiferencia de Sixto y sobresalto de doña Sabina que a partir de allí adujo injerencia de la huésped en su feudo y fue el inicio del recluimiento en su alcoba, o por lo menos un cabello que la empezó a ahogar. Cada vez crecían sus turbulencias y se diagnosticaba peor; verde pistache quejumbreaba de continuo y había que ayudarla a sentarse en el cómodo para hacer melindrosa sus necesidades, por cierto muy menguadas con todo y purgantes que Enedina le hacía tragar refunfuñando ambas, ella la nana, Sabina la niña... a ver, una probadita ¡muy bien! otra más... Los excrementos de la doña eran negros carbón y reducidos en las raras emisiones al grado de la deposición cada ocho días. Ceniza alarmada volvió a hablar con Sixto el acalambrado silencioso quien la tomó de la mano y la condujo esa noche a la puerta de la recámara para que se convenciera de que la santa mujer fingía, y de cómo se paraba con ciertos trabajos, es verdad, pero por sí misma, jalaba una silla para sentarse enfrente de la caja fuerte que reinaba en el lugar, negra charol, enorme, impávida dando la impresión de un rey del Congo, adornada de filos dorados y un paisaje de Holanda pintado al frente y cuya apertura mágica sólo ella sabía. Secreto. Alumbrada con una lámpara de mano acercaba la cara a la manija y rodaba la perilla rápidamente alevosa, iluminando la operación con la luz entre las piernas y las dos manos aceleradas logrando que la puerta gruesota viniera hacia ella. Sixto y Ceniza contemplaron a doña Sabina a la mitad, pues su otra parte corporal estaba materialmente dentro del ominoso cajón inclinada como si contara centenarios o acuñara en sus palmas el diamante de oro que le había hecho saber a Ceniza era su posesión más sacrosantísima... lo heredé, como todo, y lo heredará Sixto; está en mi familia desde España, es el botín de los guerreros que me hicieron y expulsaron a los árabes, dicen que pertenecía a un Sultán de Granada, y la leyenda está intacta, dicen que quien lo posea no sufrirá de hambres y el amor le será propio, el de la carne y el alma; es como una puerta iluminada donde no tiene culpa el destino... Después de contarle que tener el diamante de oro era mejor que ser dueño de un oasis helado en el desierto, de agua dulce, cocos y frutos del

Edén, miraba a Ceniza fijamente adivinando lo que pensaba ¿de oro un diamante?, ¡sería diamante-diamante, transparente o amarilloso como los del pendentif de la abuela; eso no existe!... Es un milagro, Cenicita, algún día lo verás, a todos nos llega, y no lo vayas a perder.

Sixto se fue a dormir muy quitado de la pena y mi prima siguió allí oteando la escena que no variaba. La rendija entre puerta y jamba apenas permitía atestiguar un pedacito de la ceremonia hasta que doña Sabina se levantó cerrando al mismo tiempo la caja y dándole un toque al rodete para que girara como trompo, volviendo a la cama si bien con incuestionable lenta dificultad. Pero caminaba, entonces qué pretensión la suya ¿tal vez para herir al hijo o, peor, para que ella se fuera y los dejara en paz? Mientras en el pueblo se revivía la fama de la riqueza de los Palma, y aumentaron los visitantes que le llevaban pastelitos, miel, orquídeas y hasta una cajita de música. La doña no hablaba ni con los que aceptaba recibir. Un amanecer dio muestras contingentes de haber empeorado, pobre momia parecía, los párpados cerrados y el mal de ojo instalado en su respiración; Ceniza despertó a Sixto luchando con el sueño pesado que conocía de memoria... olía bonito el mozo, a vainilla, a pan, a yerbabuena. Con cara de malísimo amigo se bañó y tardó una eternidad en vestirse, como si fuera un visir o un califa le pedía a Ceniza que le sirviera de comer y de vestir, y la otra desesperada. Los dos caminaron a la puerta que no era de sándalo ni de áloe como correspondería al templo de la regia moribunda y del mentado diamante de oro. El joven se paró bajo el dintel y le gritó a la que agonizaba: ¡encomienda tu alma a Dios, madre!, y se fue campantísimo al corredor a fumarse un cigarro. Sixto sacaba el cigarro de la petaquilla de cuero que cargaba en la bolsa del pecho de su camisa, le pegaba a la mesa con las puntas haciendo toquecitos sordos como cuando deseas algo con los guantes puestos indicando un ¡aquí y ahora! Había en el acto siguiente una sensualidad explícita al lamer el pitillo antes de encenderlo. Cenicita, como su nombre lo indica, fumaba a lo chacuaco a lo largo del día; por eso le pusimos Tamal de Ceniza, siempre rociada de infinitos milímetros de pavesas, era un barco deliciosamente humeante al deslizarse por cualquier parte como en calma chicha; nunca he visto a nadie fumar así con el deleite de quien espera. En este tiempo en donde rige la prohibición a la fumarola, ver entrarle al chupeteo con su picorete besando materialmente en el antojo la boquilla del cigarro era la visión de óptica del pozo en el desierto que doña Sabina cantó en confidencia del diamante de oro... Mi prima cerraba los ojos para entrar el golpe del tabaco suave regodeándose en su garganta, fluido blanco envenenador y peligroso. Verla exhalar y echar fuera el humo anilleando el aire se tornaba en invitación de entrarle al vicio. Gracias a Dios y por suerte Sixto era copartícipe de sahumar con la novia cada semana al menos —ya ven que le daba por tiempos exactos aun para lo que les conté—. Después de las comidas, metódico, díscolo, pequeño de emociones, nuez cerrada a la dulcificación de la vida, remetido en sí, calculador, atiborrado de abatimiento, ciego y sordo por indiferencia, mal educado, eludiendo compromisos, sin dar nada de su innegable inteligencia; de su bondad sin molde donde cocerse. A veces reía y su cara borraba al instante ese fuchi continuo y humillador, la mirada ahuyentadora. Pero duraba lo que el tic del reloj, terminaba la esperanza de haberlo encontrado. Por eso Ceniza, que venía de nosotros los de la risa y el humor tenebroso, de las caricias cariñosas tocadoras a la menor provocación, los exultantes extrovertidos, los muchachos de la casa de las Santamaría, no entendía ni solterona que fuera el malestar de marca de su novio que no se hermanaba en nada con sus paisanos tropicales y festejantes. Su única estancia en la alegría sixtona sucedió con mis primos, los malvados traviesos enamorados de la infancia y del sexo.

Aquella mañana Sixto se comportó casi natural y platicador, no la dejó hablando sola como loquita, le dio la vista, la atención, le respondió, le hizo carantoñas en las piernas sin medias y se echó tres cigarros consecutivos. La cargó en sus brazos riéndose fuerte y le hizo el amor por primera vez matutino, efectivo, abrazador, varonil, desinhibido, ermitañamente murmurando en su oreja calificativos levemente obscenos —putita— pero atraidores de las mansas aguas olorosas a manantial y a nardo. Los rodeó el mar de Veracruz de pronto, sus olas niñas que lamen, el fragoroso horizonte de vitalidad sagrada y muerte única, lo peorcito, la muerte chiquita —perrita—. Le siguió la calentura de las preguntas inverosímiles entrambos ¿quieres mi lechita caliente?, cosas así impublicables. Una fiebre urgente atenaceó a Ceni, ya no le preguntaba por qué era tan caliente sino que le exigía serlo, los deslumbrares la vencían, proveedores la abrían, era como caerse al mar desde el trasatlántico en el que viajaban. Sixto sí sabía hacer el amor pero su holgazanería sexual lo ataba a lastimosos remedos de simple hacedor copular.

"Y decía que a los primeros hombres/ su Dios los hizo, los forjó de ceniza./ Esto lo atribuían a Quetzalcóatl..." Estoy hecha por Dios, el primero, el de los antiguos, se dijo a sí misma al leer un viejo libro de historia en la biblioteca de mi tío, pero nunca si no fuera esa mañana anunciante, indecorosa, lo comprendió en su magnitud, su forja de ceniza. Y fue entonces que la garganta de doña Sabina echó de su ronco pecho un mujido de toro que hizo tembelequearse a la casa en sus meros amarres.

El hijo creyó recordar como en un relámpago el instante del nacimiento y salió exactamente del vientre de Ceniza para a medias vestirse y correr descalzo al bramido instalado, eterno, alebrestando a los pájaros y moviendo las mecedoras del corredor como en tormenta, a los candiles pringosos en un temblor de tierra; los mismos techos dejaron caer cascotes, yesos y polvos que blanquearon a Ceniza hecha por Quetzalcóatl; siguió al amante a zancadas apenas cubierta con el vestidito para los calores y olvidando sus sandalias de Xichú, un municipio de la huasteca adorado por mis tíos. Doña Sabina de veras agonizaba, y lo hizo durante veinticuatro horas frente a la pareja, el cura, Enedina, un sirviente y algún amigo, con cara de circunstancia el grupo daba fe. Sabina color de lava abrió una sola vez los ojos sin palabras, los fijó en Sixto diciéndole quién sabe qué cosas de madre, luego miró a Ceniza sin querer pelear ni pedir perdón, sólo señalando varias veces a la pared de la derecha en donde estaba el cuadro de la Virgen de la Paloma visto probablemente de igual manera por sus antepasados, parecía recordarle que allí había un agujero en el muro cubierto con puerta de fierro y que le había dicho —con aires de senador romano— dónde estaban sus alhajas que le dejaría alguna vez. Mi prima se mordió los labios para llorar aunque fuera un poco. Todavía les asestó la moribunda un día y una noche enteros a fuer de irse al salir el sol muy ayudada por la santa madre iglesia.

Ceniza Lucerito supo que ya era hora de tomar las de las famosas Villadiego, la retención ampliada era indecorosa. Claro que Sixto le rogó quedarse al novenario, al fin la tía Otilia ya había llegado e instalada arreaba a su hija al regreso y hacía el papel de la señora de la casa. Al terminar los rosarios de las nueve noches con gran concurrencia, Sixto procedió a abrir la caja fuerte acompañado de Ceniza. Como ignoraba la combinación escribieron en un papel las fechas de matrimonio combinándolas con las de santos, cumpleaños, primera comunión, fallecimientos, fiestas patrias, ceremonias cívicas, día del futuro recibimiento de abogado de Sixtito, el día en que tembló, el día en que nevó en

Papantla, el día en que hizo erupción el volcán de Orizaba o el de Pompeya que le impresionaba mucho. Y así, imposible, aquel armatoste no se dejaba violar como su dueña y sus interioridades morales. Harto el licenciado Sixto Palma escuchó al fin lo que Ceniza le aconsejaba y que varias gentes le deslizaron haciendo voces de chisme: en la cárcel de Papantla está refundido el Veinteuñas, el famoso ladrón, compañero de los primeros años de la escuela de Sixto, el único que podría vencer a la caja fuerte de la difunta. ¿Por qué no lo llamas?, le pides permiso al licenciado don Jonás Roca, después de todo es tu pariente. Y viene el Veinteuñas a la casa, ni modo de llevarle la caja fuete a la penitenciaría, ¿no? Sixto.

Tía Otilia y el incómodo Sixto, relatando las maldades que hacían de chicos antes de que su cuate se fuera a nuestra tierra. Indudablemente que Zenón García, que así se llamaba, resultó una fiesta inesperada en la casa de luto, al grado de hacer olvidar la ansiedad y conquistando con su prietura, ojos de gruta y rápido gaznate a la nana Enedina que se apresuró a servirles un platón de garnachitas, queso fresco y limones con sal de cocina. Al rato ya estaban carcajeándose con Zenón que fue invitado a comer y lo hizo sin el ojo del buen cubero, con ganas devoradoras. Y dijo que era la primera vez de felicidad en los seis años que tenía encerrado, que les juraba por Dios abriría la caja fuerte, que ojalá tuvieran más cosas impenetrables para no irse tan aprisa, que sentía mucho ser el mejor porque merecía quedarse a vivir allí por siempre jamás. Sixto aguantaba vara y poco a poco entró al redil al grado de parecerme el jovencito de mi infancia, me confesó luego Cenicita, y al hacerlo también aparentaba ser niña de nuevo. El patio y la huerta respiraban la tranquila alegría, la estatua de la encuerada que le decía doña Sabina parecía florecer de pronto orquideada y lustrosa.

La sobremesa se alargó y ya empezaba a irse el día cuando tocaron al zaguán los guardias que iban a recoger al reo y a indagar cómo iba la operación. Sixto se alarmó e implantando su tenaza facial les pidió esperar en la banca de la entrada y urgió al Veinteuñas la tarea pendiente.

Desfile a la alcoba real, como le decía Enedina. Zenón revisó la caja por delante nada más, pues estaba empotrada en la pared, jurguneóla reparón, ya iba y venía dando una conferencia sobre la pintura que era un paisaje de Rotterdam y el posible autor, estilo, escuela, y por fin, después de rogarle con mucha gracia a Sixto le pusiera un disco de salsa o aunque fuera Beethoven, procedió a rotar la perilla para dar con la combinación en un dos por tres. Ya era media noche y Zenón agachado meneando pies y hasta cadera no atinaba, y como Sixto estaba muy cansado y las señoras se habían retirado a dormir, de plano le habló por teléfono al licenciado Roca para que le permitiera pasar la noche en la casa al Veinteuñas, a lo cual el abogado extrañamente aceptó porque lo despertaron los timbrazos y a eso no estaba acostumbrado. Lo metió Sixto a un cuarto de los muchos que había, nada más que con el balcón dando al patio segundo. Cerró con llave la puerta pidiéndole perdón a su amigo, y Zenón volvió la cara a las rejas del vano y entendió el miedo de Sixto a que se escapara. Durmieron todos como benditos al grado de Ceniza olvidando extrañar al novio y la posibilidad de que se colara a su cama.

Zenón fracasó sin ruido alguno durante quince días musicales y tequileros. Sixto reencontró la alegría que le sacó alitas a Ceniza. El único pie que dio con bola Zenón consistió en forzar la puertecita de hierro de la pared que resguardaba las joyas de la corona, para encontrar una cajita de Olinalá repleta de collares corrientes, algunos de sopa de letras redonditas hilvanadas, prendedores espeluznantes y un fajo de cartas que Sixto leyó meses después y provenían de un tal Clemente que le reveló un amor de doña Sabina ya viuda y coscolina. Y para no alargarme, la caja fuerte acabó dinamitada bajo la dirección de Zenón sin ninguna vergüenza. Adentro: una botella de Anís del Mono a medio consumir, sarapitos de Jalisco, una burda reproducción del Calendario Azteca, ollitas y platitos de barro, el acta de matrimonio con el señor Palma, oriundo del lugar de las ranas y las tuzas. Había goterones de vela que probablemente prendía si le fallaban las pilas a la lámpara, cáscaras de limones exprimidos, bachichas de cigarros y el retrato de un marinero con la firma Clemente.

Lo que la fingida cordialidad de doña Sabina no consiguió en vida, ahuyentar a Ceniza, vino con su muerte. El novio se volvió más inerte y aburrido, estático, sin oscuros deseos, con alma de niñito sin mamá. En honor de la verdad hacía esfuerzos para responderle a la tía Otilia en sus silencios pesarosos, los labios pegados; el pobre hombre era un desaliño y una ausencia. Había dejado de estar entre ellas, y ni pensar en repetir las llegadas nocturnas; era un muerto fresco y Zenón padecía pesar por no serle posible seguir yendo a la casa y continuar a la sombra. Ceniza hablaba en monólogo interminable y el otro ni sus luces. Su arreglo se esmeró a ojos vistas, guapa y rotunda suplía reverdeciendo la tristura en la que había caído la encuerada de yeso del jardín. En esa casa no contrapunteaba un trino, un ladrido, una promesa, un oboe amoroso en la madrugada. Mi tía puso un hasta aquí y decretó partir a la casa de los Teruel —a mi tío y los perros pues nadie más pululaba en ella—. Ya habíanse cumplido cinco veces los novenarios, no se oteaban providencias de parte de Sixto taranto, si matrimoniarse en Papantla o largarse con las mujeres a la boda en la tierra de Ceniza. Ni por dónde. Extrañaba a Zenón García, sus risotas, las copas a medio día, el apetito, la música meneadora y cachonda que logró se atiborrara de frutos el pitahayo oliendo a fresco y a azúcar, cuando doña Sabina juraba estaba más muerto que ella de veras.

Total, Ceniza se alumbró como su nombre Luz y tomó las riendas del asunto. En camisón limpio y oliendo a nardos y mirtos se hizo cargo en el cuarto de Sixto entrando como una tortolita entre sus sábanas y abrazándolo. Sixto ni siquiera hizo el intento de volverse a ella, echó a dormir a su lado dándole la espalda de águila sin alas, tediosa. Ceniza le habló suave pasando sus brazos hasta el pecho sin vellos del ex amante... ¿ya no me quieres?, ¿no se te antoja que nos olamos y nos reconozcamos?... tu piel de seda lamible, tu única maraña nidosa y tibia, tus nalgas compactas y redondas como cerros de mi tierra. Sabes mieloso, pesas bonito, mírame, cásate conmigo, ven, mira, capullito... Sixto. Él acostado sobre su brazo y pierna izquierda apretaba con siete llaves todavía más los ojos, y dijo ¿qué acaso es obligación?... Ceniza recogió sus manos, estaba humillada, empujada a la barranca, dejada de la bondad de Dios, había perdido. Sentándose en la cama casi gritó ¡qué te sucede?, ¿cómo te atreves a hablarme así?, tengo más de cuatro meses sirviéndote a ti y a tu madre, he limpiado la casa cien veces, he cortado el jardín, he atendido inclinándome a cuanta gente vino a ver a doña Sabina, héchote cuentas de cuánto tienes, debes, y hasta el avalúo de la casa con tu tío don Jonás ¿qué más se te da la gana? A lo peor es por el asunto del tal Clemente y tu mamá, pues ya quisiera yo tener ese amor del marinero fiel, tu madre era un ser humano y tú crees que eres la madre Teresa de Calcuta, o Santa Clara de los huevos... Mira Sixto, no terminemos así, dime algo, aunque sea hollín, polvo de carbón, pero algo... Sixto respondió sin moverse guillotineando: ¡No te metas en mi vida privada!... Ceniza: ¡Yo soy tu vida privada! ...el hombre aquel no volvió a contestar porque estaba dormido como hurón. Ceniza salió precedida por los ronquidos intermitentes rumbo al cuarto de la tía y luego al de la nana Enedina con quien se acostó a llorar. Vestida y con guantes se sentó en la mecedora del patio junto a su maleta a ver amanecer el jardín de los limones, los arrayales, las naranjas agrias, los malvones, la encuerada que parecía temblar crujiendo su yeso ya de por sí muy maltratado. Salieron de allí las viajeras peripuestas y dignas sin que Sixto se acomediera a llevarlas al autobús. Nada más las siguieron un trío compungido de ángeles de la guarda de diferentes edades codeándose entre sí y tropezando cómicamente llorosos. Si las señoras los hubieran podido ver de seguro se reirían porque los angelazos parecían los Tres Chiflados de las películas antiguas, trompilladores con las enaguas, dando aletazos mínimos al aire porque de veras iban muy dolidos y despechados, aunque entendedores —porque todo lo saben— que también ellos tomarían el camino muy pronto pero al cielo, ya que la tía y la nana estaban más para el allá irremediable y mi prima Lucecita Ceniza entregaría en poco tiempo su alma y escarpines, muriendo si no de desilusión sí del gran cáncer familiar que iba aumentando de talla imperceptible y traidor, silencio y reclamante.

Ceniza, cuando ya se iba a morir, me contó que el mal llevado por su vientre desde hacía mucho lo merecía, que la matriz se le había quemado porque era muy caliente ella, deseadora y de puro pecado de brasa y rescoldo. Que el diamante de oro le había revelado muchas cosas, que Sixto lo parecía, pero su inexistencia probó con creces la enorme verdad de que él no estaba hecho para sus calores. Es decir que me lloró Cenicita, el diamante de oro significaba el amor de los cuerpos que se cuenta son herencia de los hombres, pero no es cierto, porque si lo hizo Dios debe de estar en alguna caja fuerte escondida quién sabe dónde. Algunos, los que lo han tenido, prueban la veracidad del diamante de oro, pero son pocos. Es que significa precisamente la dificultad de encontrar al hombre y al sexo ¿entiendes? Esa parte de la vida es un diamante de oro. Me fue negado, ha de haber sido porque era la vida privada de Sixto ¿verdad?

Carmen Parra

IX

¿Conque ésta es la edad? Recordar con dolorcito y placer, como chupar chamois o membrillos. Entender con el alma entera que se va acabando la vida, que no volverá a ser nunca Andrés de la Encina el mismo incendio. Lo miro desde la primera fila del auditorio en donde ofrece una conferencia brillantísima amarrando el balanceo de las ideas en analogías y tiempos que su cultura y la prodigiosa memoria le permiten. Allí está ése mi buen amor, nadie del tumulto que lo escucha imagina siquiera la vieja historia que nos une. Iluminado él solo frente a la concurrencia semioscura nos habla sabio. Reconozco su voz y se abre mi corazón en pétalos y me voy a e.e. cummings que me murmura de memoria "no sé que hay en ti que abre y cierra,/ sólo sé que algo en mí entiende, que/ la voz de tus ojos es más profunda/ que todas las rosas..." Hago esfuerzos para regresar a donde estoy y no perderme en nada que no sea atender al hombre de cuerpo presente de paso por México y que se multiplica en el mundo entero; me llegan noticias de dónde da clases, seminarios, atiende invitaciones, escribe libros. Aquí lo veo ahora y debo aprovecharlo sin perder el tiempo y la vista recordando sentada a la orilla de mi cama que "su más insignificante mirada me descubre..."

Me exijo describirlo distraída y tensa, tratando de anclarme a lo que dice, a cómo está vestido, traje gris de franela impecable, camisa azul claro, corbata azul marino. Cambia de pie a pie a intervalos y lo reconozco fatigado, su misma modulación de voz es apenas esforzada, mas el rostro sigue reteniendo la hermosura, el galanteo de sus rasgos instalados en la piel avellana de sol, de soles atibiados europeos que lo calientan apenas y donde sigue acompañado de Celia Villalbazo quien sé que está sentada a unas cuantas personas más allá de mi lugar y con quien no deseo entretenerme: revisándola y sabiendo que ella me ve a mí también catalogando mi trajecito de terciopelo de pantalones y túnica negros y puños y cuello blancos, tal me visto una y otra vez como retrato. Veo a Andrés, acaricio en la distancia su cabello corto y encanecido, sus orejas bien moldeadas, adivino su cuerpo sin ropa y lo voy besando lenta, recrudecida la nostalgia, lamiéndolo, mordiéndolo, la espalda derechita sin curvatura alguna, las nalgas pequeñas y que deberán estar duras hasta que nos muramos y duro todo lo demás... ¿Será?, me doy permiso para dudarlo y golpeo el pensamiento porque me digo ¿cuántos años tenemos?, ¿se acerca él a los sesenta y cinco?, ¿los aceptará? o como yo, sigue huyendo aterrado de la edad, y de Aurora que es capaz de gritar a voz en cuello los años que cumple hundiéndonos a todos los primos y amigos y cuates de la niñez, envenenando la tranquilidad de saberse bien conservados, disimulados, máquinas entrenadas para no dejar quietas las manos enchuecas que empiezan a perder el restiramiento y largura, el pelo raleando, flacos brazos y piernas, o jamones que les dicen. Nada más Aurora se enfrenta valiente al deterioro que no percibe; tal vez se cree igual y ya olvidó. Para mí el crecer será siempre la angustia y el recuerdo, sigo bajándome el vestido al sentarme para que no se me vean los calzones, extraño al compañero, al girito hombre con el que me casé una mañana tempranera de frío en un pueblecito donde los amigos de entonces corrieron a llamar a la orquesta de salterios para que nos alegraran el acontecer, locos todos de juventud sobrante y generosa. Nos escapamos a la madrugada de la fiesta ensartados en la broma que fue haciéndose real para matrimoniarnos esa misma amanecida. Entramos a la rala oscuridad en los autos que atravesaban campo y estrellas; en traje largo nosotras y los muchachos de smoking despertamos al juez. Cantábamos como revolucionarios triunfantes y el licenciado en camiseta y un pantalón mal abrochado abrió la puerta para encontrarse con el espectáculo de los juerguistas, un poco alcoholizados pero llenos de buenas intenciones. Nos íbamos a casar el muchacho provinciano que venía a México de vez en vez a sus negocios campesinos y a las temporadas de los conciertos sinfónicos en Bellas Artes y a quien conocí precisamente en la cola de melómanos para comprar boletos del tercer piso, nos íbamos a casar él y yo, integrante del grupo empeñado en verme legalizando una unión que pensaban se me escapaba y no era justo.

Se llamaba Jacinto Murcia, y hablo de él en pasado pues al divorciarnos desapareció al tiempo yéndose el norte, igual que muchos tíos y primos perdidos por un rumbo mágico imaginado nuboso y con nieve. Yo de él no puedo hablar más que admirativamente porque nunca he conocido amoroso igual, ejecutor sin desaliento, bizarro en su cultura musical y muy inteligente. Escribía con letra Palmer y prosa clásica recados que dejaba en el buró si se iba a su tierra veracruzana donde guiaba campesinos y tareas agropecuarias ante mi desconcierto pues a mí se me dio el campo nada más de pasada, mi vida estaba centrada en los jardines privados, los cerros y los parques públicos a los que íbamos a darles vuelta a sus kioscos donde una orquesta se daba el lujo de interpretar *Lohengrin* y *Tristán e Isolda* de Wagner. Los jueves y los domingos paseábamos circulando tantas veces y en contrapunto las chicas con los muchachos que se olvidaba la hora y la nana Enedina nos esperaba en una de las pasadas urgida y enojada para llevarnos, pues los tíos estaban detenidos y desatinados esperándonos en el automóvil... Así era entonces: serenatas, misas, comuniones, la escuela, la nevería, la estación del ferrocarril para ver el crepúsculo, las fiestas, las excursiones a la punta de los cerros circundantes, y los patios y terrazas de las casas de las familias amigas por centurias en los que hubo piñatas, desayunos, comidas y meriendas, tardeadas luego y lunadas inventadas por Aurora, general en jefe de la tropa de muchachos.

¿Qué tenía que ver mi formación con la de Jacinto Murcia, nieto de un luchador social del trópico, hijo de un ranchero y lector empedernido de cualquier libro que tratara de movimientos socialistas? Cuando me llevó por primera vez al rancho, a la casa enorme y chaparra con el frente de tierra apisonada y atrás el lujo del tabaco perfumando el aire y venteándose en tendederos asombrosos, la abuela de Jacinto salió corriendo de la cocina, descalza, con mandil, entrenzado el cabello macizo y abundante aún a su edad, abriendo los brazos y en su mano derecha un puro encendido gritándole al nieto adorado: ¡So cabrón, mira nada más!... La familia de Jacinto enamoraba a cualquiera, el viejorrón tensador amoroso y pródigo de la abuela, la madre vuelta a casar con un muy alto y juicioso ejidatario enamorado de ella por donairosa partidaria de aire que olía a tabaco y a Anís del Mono. Jacinto, la madre Santiaga, la abuela Valentina y el padrastro don Miguel Sentencia —así se apellidaba— formaban un grupo de ropas almidonadas, trenzas húmedas, calva reluciente y apetito de ricuras a la hora que fuera. En su casa se comía, eso que ni qué. Jacinto allí era feliz y yo sentía la lluvia de su mirada aternuante al verme a mí tan contenta a mi vez. Santiaga nos dejó su cama y de don Miguel, donde por cierto había dado a luz a Jacinto durante veinticuatro horas tendenciosas de lanzadas y esa tortura imprimió en la cabeza del único hijo un alfilerazo de genialidad, de locura y de poder en la enramada de la carne. Jacinto ha sido uno de los inteligentes hombres de mi vida, de él recuerdo la piel atezada, como la de la Sulamita del Rey Salomón, do pace mi ganado, do descansa al mediodía —le citaba yo mal a Jacinto después del amor—; recuerdo su estatura de sarraceno, sus abrazos apretados terminando en sus grandes manos enérgicas en mi espalda, recuerdo el balanceo de su cuerpo y la perfecta hechura del vientre, el ombligo mieloso del que al despertar le quitaba riendo una mota blanca de algodón, como si le hubiera llegado de su parcela en el sueño volando. El primer amanecer en el rancho me despertaron estruendos fúnebres de espantosidades nunca escuchadas, cercanos, crecientes, un gemidero desmesurado de almas en pena. Me senté en la cama y grité con todas mis fuerzas, el apremio riente de Jacinto acalló la escena... es el ganado, mi amor, vacas y toros y becerros... ya, ya pasó, ya. Vino la familia en pleno a carcajadas y la abuela Valentina me hizo tragar un vaso de aguardiente y puso a calentar café en olla de barro que onduló los cuartos con su aroma de primera comunión y de entierro.

Con Jacinto vivir era agua y risa, sexo y música. Mis pedantes amigos excluidores y esnobs lo aceptaron por su natural inteligencia y los saberes en Mahler al que amaba ciego y sin admitir roce de crítica. Sólo enardecía al grupo su disciplina socialista respaldada por libros y proclamas. Para nadie la política importaba, nos columpiábamos en el arte por el arte y Jacinto vino a empujar la realidad de un mundo en crisis de veras. Yo no sé si ese hombre me haya amado como yo a él y a su locura congénita avivada en cinco años de floja tensión —como de la abuela—, agridulce igual que los platillos que me enseñó a saborear en los cafés de chinos a mí que nada más me gustaba el mole de olla, lo único que sé hacer; para nada me entraba el dicho de mi tía Otilia: Clo, los matrimonios se hacen en el cielo y el amor en la cocina... lo real era que me paralizaba la idea de preparar un huachinango a la veracruzana y Jacinto obligó a su mamá Santiaga a meterme en los intríngulis de mi enseñanza con los jitomates, las cebollas, los ajos, el perejil, el agua con orégano y el maldito animal muerto que me miraba desde la mesa con ojos de mujer enamorada y al que Santiaga peló, por decirlo así, de las escamas, le sacó del vientre indecencias sebosas y en dos por tres me dio órdenes salpicadas con mi nombre también en pedazos: ¡Tildita, muévete criatura que tu marido ruge de hambre! Tilda, atarantada, únicamente fui capaz de bajar los pomos de aceitunas y chiles largos de la alacena y servirlos todo junto bien calientito. Como me lo dijo lo olvidé, en cambio Jacinto lo supo repetir cien veces en las comidas de mi casa y los invitados se quedaban patitiesos de la sabrosura. Un mal día se le antojó que le hiciera arroz a la marinera y con la receta en la mano y el cucharón en la otra me pasé la mañana para servírselo en triángulos como pastel pegosteoso y apelmazado. Para mí el desconcierto recetario me avergonzaba porque nunca quise cocinar en lugar de leer, y Jacinto me llevaba a comer a restaurantes, o regresando de dar clases me tocaba comprar en una cocina popular "el chivo" hasta que tuvimos lo suficiente para traer con nosotros a una nieta de la nana Enedina de igual nombre y a la que los muchachos engolados le pusieron Wendolina. La nana estaba retirada advirtiendo y renegando en una casita que le hicieron las Santamaría subiendo el cerro de atrás y a donde Aurora le trepaba la comida cantando "Chic to Chic" o "Begin to Begin", letra y música conquistadoras de virginidades.

Los amigos por supuesto no dejaron escapar el juego culto y a mi Jacinto le llamaban Fortunato. Mi Jacinto relataba muy bien su infancia con tormentones en el barquito de su padre pescador el cual dejó el mar por la siembra del tabaco. Le señalaban como el bolchevique por ser osado defensor de los trabajadores de agua y tierra, sindicalista aguerrido, lector a la luz de lámparas de petróleo, y como su hijo, de libros marxistas en los que no halló el tedio y sí la pasión por las ideas juntas... de allí el hijo. Al padre lo mataron a balazos después de una huelga en Tuxpan y Jacinto Murcia recibió la herencia de diez años de recuerdos, los libros, la esquizofrenia brillante y un par de ojos miel de abeja amarillosos, de alborada chisporroteante, amén de la buena dote del bulto que hace a los hombres hombres insustituibles. Con las penurias de su madre Jacinto aprendió a morder la inopia, los menesteres del trópico promisor le dieron frutos para comer colgando de cualquier árbol, robados en la noche para llevarlos a su casa donde Santiaga cocinaba viandas de aupa que vendía a los trabajadores del muelle. Allí conoció a don Miguel, dueño de un ejido en rancho cercano y quien había sido amigo del marido muerto el que por cierto se llamaba, ¡claro, naturalmente —padre de Jacinto— Fortunato Murcia Reyes! Se le alivió la friega cocinera, poco a poco la abandonó para ponerse a vivir con don Miguel Sentencia, llevándose a la abuela Valentina al ejido, cuando de plano resolvió borrar el mote de enqueridada que le valieron ojos moros al niño Jacinto y el dominio del "upper cut" que me presumía, defendiendo la honra materna.

Jacinto supo sembrar tabaco en el rancho del padrastro, y al cumplir quince años jaló para el norte a trabajar en un periódico, a escribir por los desarrapados de su padre y a crecerse en la siembra del algodón y la carrera de leyes. Y así se hizo, hasta recibirse y encabezar la asociación de algodoneros que lo proyectó a la política en la que remó algunos años, ya sin mí y antes de esfumarse como siempre quise que hubiera sido. Por eso los viajes a la capital y por eso los conciertos y el encontronazo que me rindió cuan larga ¿cómo comparar a Jacinto con nadie?, el mismo Jacinto del jardín de las Santamaría no es igual a flor alguna, a aroma, a distinción. Así su amor entero de él, o el simple toque de sus dedos que me sacudían de placer... "una mano en el resquicio" escribió Salomón y Jacinto cerraba los ojos depositando sus pestañas espesas y la luz eléctrica se hacía. Por eso nos casamos, mi arrojo en la fiesta no significaba aventura ni darle la vuelta a la esquina de Andrés, sino el convencimiento de dar paso seguro pues si a mí no me importaba la soltería a mi gente sí, había que tomar los hábitos sagrados advertía otra vez Aurora acalambrada con mi resistencia a sumarme a la vocación de las mujeres de mi casa, principalmente la rama Santamaría que si no se matrimoniaban de blanco y todo se metían de monjas, nunca de putas, y si la Nena se quedó para vestir santos y hacerle el favor a los cuñados evidentemente era comprensible por babieca, por ser barrilona y estulta, que a la timbona imposible compararla conmigo, ya pasadita, ya talludita, soplaba la nana; además la Nena había nacido para cargar hermanos, sobrinos y cuñados.

La noche de la discusión de mi enlace me hacía pensar en el preparativo de un viaje de aquellos que hacíamos al mar, o de las fiestas primeras atiborradas de ganas de vivirlas, de promesas. Le tocó a Andrés de la Encina estar allí con Celia Villalbazo la bonita. Su indiferencia en lo tramado me colmaba más que las puyas que me lanzara desde que llegaron en pareja célebre convertidos él y la cuata. Primero se le aventó a Jacinto por el tema del comunismo y le dijo "obrero mundial", luego me calló a mí al dar una opinión... No te metas Pascuala —me dijo perturbando un tanto a los demás—. ¿Por qué no te vas a aprender buen inglés siquiera con los Hermanos Vázquez?, escupió insolente haciendo trizas mi conversación anterior con un gringo levemente famoso que él había invitado a la reunión, contlapache de universidad y autor de una novela modestísima a mi manera de ver; naturalmente hablábamos en inglés, el mío deplorable, lo sé, pero no merecía más el cócoro mediocre. Ahora, con el tiempo, pienso que ese descolón inesperado de él apresuró mi aceptación de la broma nupcial que ya corría poderosa entre todos: esa noche nos casaríamos en Huamantla Jacinto y yo; la dueña de la casa había decidido el lugar por cercano, por haber nacido su familia allí y ser influyente con el juez al presentarnos sin papeles ni análisis y porque albergaba la curiosidad de ver qué esposa sería la eterna solitaria de Clotilde, qué el campesino, y qué iba a hacer Andrés de la Encina. Con los ajigolones, telefonemas, búsqueda de un vestido de tehuana blanco de la anfitriona, desaparecer en la recámara a ponérmelo entre enojada y divertida, yo creo que Andrés reparó en lo que verdaderamente iba yo a hacer, y al mirarme en el espejo cómo se veía la enagua de suavísima tela bordada y todavía en corpiño nada más, Andrés abrió la puerta y entró... le dije dura pero con mis vientos levantados adentro, que se fuera. Me contestó ¿qué, nos va a dar mala suerte que te vea vestida de blanco antes de la boda?... Pascuala, no seas ingrata, no es posible que te cases con ese hombre que no conocemos, que no es de tu clase, que no ha sido educado como tú, que no tiene tu misma religión... para lo que sirve, pero en fin, así nos criaron... ¿Qué te pasa, me vas a dejar?... Para eso Andrés se había acercado a mí y mi pecho sintió el suyo, mis pechos en el corpiño, dos granadas partidas sobresaltadas y erectas al darle Andrés apretoncitos con los dedos y conectarse inmediatamente a mi interioridad más secreta, la del deseo del deseo. Nos abrazamos y me di a llorar sin quererlo, a quererlo otra vez más queriéndolo, penetrada irremisible, inundada de jacintos y recordé a Jacinto... Andrés me daba su lengua, sus dientes en los míos, nos reconocíamos, dos gotas del mismo vaso... En ese momento apareció Celia, el usual rayo y la frase de siempre: ¿Conque adelantando vísperas...? La odié apuñalándola rígida, en la contabilidad de las veces en que me había arrebatado a Andrés disputándome un pedazo de él, enredándose en mi vida misma tocándonos a ambos como si fuéramos su masa exclusiva de tahona y nos diera forma con sus manos pequeñas de niña, nos retorciera y agujereara y por fin introdujera al horno para comernos mejor, plácida e inamovible. Extrañamente Andrés no reculó ni la agredió como lo había hecho conmigo, sino que la abrazó a ella también para ser la figura informe del terceto de náufragos buscándonos desde pequeños, unidos para salvarnos y aceptándolo cada uno porque era la única manera de conservarnos en la irremediabilidad del destino; ¿cómo, de qué otro modo hacerme de Andrés...? las tardes parisinas no son usuales...trío encartado, dependiente, atribulado, ávido, engarfiado, culpable de soledad. Se abrió la puerta de nuevo y un tropel de borrachitos irrumpió abrazándose multiplicado, agarrándonos materialmente y cayendo a la cama como un enorme bisonte en una red, un nudo de felices pascuas, de juegos sensuales y bruscos. El nudo, su majestad el nudo alborozando el cuarto. En el tumulto rodábamos enlazados en la repetición del juego de aventarnos, mordernos, sentirnos anudados y levantarnos hechos bola como las bolas de arañas que se trenzan en las esquinas de las ventanas; íbamos y veníamos jadeantes, pegados, despeinados, desvestidos a trozos. Al volver en nosotros al mundo de la razón, Jacinto de pie bajo el dintel de la puerta nos contemplaba repitiendo mi estado de ánimo, entre sonriente y enfadado, con una mueca de comprensión y una pica en sus ojos ocres, pálidos, recitales, entendiendo cualquier teorema por intrincado que fuese... ¿Ya terminaron jóvenes inmaduros?, gritó y recuperamos compostura, tirantes en su lugar, botones abrochados, zapatos bajo la cama, rizos convertidos en madres del aire, el rímel de los ojos corrido y que nos daba legado de sarracenas de una película italiana.

Nos casamos en la mañanita de un mes de mayo, cerca de la fecha de cumpleaños de Andrés, Aurora y mío, tauros especiales carne de quiromancianas. En el retrato de aquella boda que nos hizo llorar a todos con los salterios pellizcándonos las tripas desveladas, conmovedor. Estamos de pie frente a un balcón de pueblo, parecemos arrugados de ropas e hinchados los ojos, pandilla de tarantos locos, jugadores de futbol, rientes y colmados; somos los jóvenes que han leído los mejores libros de la Tierra, los culteranos que no obstante son capaces de yerros, de alcahueteadas a la amiga que hartaba de tan sola enamorada de Andrés de la Encina desde que medía un palmo y todos lo saben y nada más ellos creen lo contrario y por eso se comportan descarados e indiscretos. Por eso el nudo promisorio se volvió sinfonía amorosa a los amores desdichados, a los que no van a pasar de pericos perros amorosos, a los desahuciados, condenados de la Tierra a no unirse jamás, a no tener hijos los pobrecitos, los sin nadie a quien heredar, yo, el vértice con sed y que abandoné a nuestro hijo, guiñapo, en la cubeta del abortero. Así despojándome de un pedazo de Andrés saeteado siempre en mitades, un medio de cuerpo consorte, la mitad de la boca, un pezón, el gajo de vientre, una pierna, un brazo, una mano, la que tiene el ojo en la palma. ¡Andrés! Estás fotografiado allí en la callecita de Huamantla, y tu mano se posa en mi hombro izquierdo, y mis manos las apresa Jacinto que mira a la cámara y al fotógrafo, riendo sabio con el peso de mi cabeza despeinada en su hombro. Deberíamos ser la familia Triada o Tercero, de tres miembros, Andrés, ahora Jacinto y yo, y se hubiera muerto la cuata Villalbazo... y que se moría...

Jacinto poseía la elegancia del alma que salta como gamo sobre la sospecha del triángulo de nosotros tres trotes, y si algo hubiera díchome contestárele que la herencia no tenía culpa y así habíamos nacido, la cuata y yo y el mismo Andrés mil años antes en el mismo lugar, por eso coincidían nuestras historias en una. Pero Jacinto era de una pieza. Me punza recordar su también galanura, pues si Andrés fungía de europeo tan del camino de Swann, Jacinto retraía la historia de México en sus alzamientos libertarios. Magro, venero de integridad, poseedor de la regla de oro de las proporciones en cuerpo y carácter, sólo las piernas demasiado delgadas desmerecían la inmediata admiración que las rotundas de Andrés. Las piernas de mi marido en el río de su tierra, en el mar de su sangre, daban la broma de los pájaros correcaminos, y esa imagen cañuda lo hacía aun todavía más querible, porque los dos lápices sostenían arriba a la persona y al excelente rápido aparato sexual listo para lo que se ofrezca, contingencia de mujer que le solicita emergente ayuda. Jacinto, gran amante en los momentos correspondientes, respondedor sin más, atraidor de manos y senos, investigador fabuloso de recónditas habladurías y servidor de usted a la menor provocación. Qué lástima que mi hijo-pedazo no lo hubiera él engendrado porque sería entero y vivito y coleando andaría dando goce a las viejas que se le aparecieran, igualito a su padre Jacinto, sembrador del país con hijos suyos al grado tal de que antes de cualquier arreglo conmigo le decían el Poblador. Antes de su cuello moreno y los ojazos, antes de las sienes con canas que suavizaban su mestizaje retrayéndolo al criollismo de las haciendas todavía no ejidos, antes de los dos firmando nuestro matrimonio con el temblor real, el que no mentía. Antes, y no sé por qué lo evoco, de Julio Guardado y aquel mediodía de libreros y escritores y Katherine Mansfield en la oficinita, punto de partida del ardoroso amor desdeñado en mitad del Palacio Nacional como si yo fuera cualquier secretarilla y él no me hubiera tomado con ardores de viajero al pie de los volcanes enfilados de Chichicastenango, antes de aquel congreso en el que nos encontramos y a la segunda noche, al subir en el elevador del hotel, retacado de intolerables intelectuales, Julio se hombroneo conmigo, a mi costado, y salimos juntos dejando a todos con la boca abierta. Nada más sonar las puertas corredizas atrás y besarnos como ahogándonos y yo fuera el cántaro y el agua. Del susto se me cayó la llave y Julio besándome laposo me dobló para él mismo recogerla, introducirla tentaleándola en la cerradura, irrumpir a mi cuarto pegados aún y romper mi preciosa blusa de seda botando los botones, arrancarme casi el corpiño y hacer conmigo y sin la enagua claro está, el amor ese fin de noche y todas las demás que pasamos en Guatemala. Me acuerdo del frío temblorador y la chimenea y no obstante yo reencontrando la corona de sudor que se forma en la cabeza, en la frente, y que nada más el amor puede dibujar. Pero ya me perdí, porque era de Jacinto de quien hablaba y quizá por el olor a jacintos de aquel entonces lo uní en el subconsciente.

Jacinto jugó conmigo al matrimonio, era un juego de niños que se largan de su casa. Se me olvidó la vigilancia exacerbante de mi tía Otilia, las órdenes conminatorias de Aurora para que contrajera matrimonio con el viudo más atractivo de la localidad y cuya mujer, también compañera de nosotros desde la infancia, se suicidó en una laguna que hay a la salida del pueblo junto a la carretera y no sirve para nada que no sea ser bebida a trancos por caballos y bueyes, un charco desgraciado a donde Anita López, la Doncella como le decíamos, aventóse una noche de farra harta de su marido cornamentador el cual se quedó viudo, el más chico de los De la Encina —siempre la clave—, quien a pesar de carecer de la buenísima visual de sus hermanos los cuates, famosos por irresistibles, a pesar, insisto, de sufrir un poco de estrabismo, no mucho, su fama de querendón sería garante para una mujer sola como yo ¿qué más quieres?

El juego pues entre Jacinto y yo consistió precisamente en creérnoslo, darme por mi lado él hasta en boberías de cocina. Teníamos un hornillo eléctrico, una parrilla, una cazuela también de electricidad y un rimero de recetas impresas, y las de mi madre escritas con letra del Sagrado Corazón. Me llevaba hacer la comida dos o tres horas porque en lugar de concentrarme en el ejercicio de la misma me iba en cada nombre de los elementos y los condimentos. En la frondosa cocina mexicana, la criolla y la indígena, los nombres nos avientan a hechos de toda especie —especias—, el esplendor de las palabras "nopalitos navegantes", "sesos a la marinera", chichicuilotes, patos, pulque, naranjas, jícamas, chicozapotes, almendras, camarones, flores de calabaza, en fin, éste no es un relato de sabia hacedora de viandas —para eso teníamos en la casa la memoria de la prodigiosa cocinera Cayetana, de la abuelística cazuelera cocina con las paredes cubiertas de cazuelas de barro—. Por el contrario ni con ballesta a mi espalda doy una, algo, frente al fogón. Siempre me ha parecido estúpido estar estupefacta ante el aparato de petróleo, carbón o gas, electricidad y soplidos y pruebas de fuego, allí de pie en mi infinita inutilidad. Jacinto, con cara de santo en el circo romano viniendo de mujeres ultra sabias en comelitones, comía fingiendo satisfacción con su mujer montuna, serrana y escribidora. El juego: ir al mercado, a la tintorería, a la miscelánea mixta de la esquina en la cual pagábamos semanalmente la compra, todo ello por mí llevando una camisola suelta como si ya estuviera embarazada. Jacinto y su bondad lo entendía todo, mi presunción patética, mi impulso pueril, mi uso del lavabo fregando los trastes. Me quería, éramos pobres, hacíamos la regalada gana, y las noches eran de las mil y una maravillosas. Los viajes por el mundo estaban embalados en la conciencia, la valentía en ponencias dichas con calma y buena voz no importaban junto al riesgo de preparar un conejo en adobo. Aquellos años eran fabulosos, sin descuidar el ir sin falta a la casa de las Santamaría en la provincia, ni remacharme que de allí venía. Tal vez nada más yo anhelaba un hijo y sin cursilería, y con el tiempo iba a probar que el no tenerlo no me causaba ningún problema, era natural, como no saber ni la o por lo redondo en materia de humos, vapores y sazones. Una noche llegó Jacinto con un perro en los brazos. Cosita peluda horrorosa y gimoteante, flaco y apenas destetado, dientes echados para adelante en borbónica injuria prognata, ojón saltado... ¿Qué es eso? Pregunté pedante y ya metiéndolo en mi pecho... ¡Es un galgo alemán! Me contestó muy plantado... ¿Quién te lo dio?... Lo compré en la cantina, ya iba saliendo y me lo vendió un compatriota necio, dijo que era finísimo y lo ofrecía por 200 pesos... Me lo dejó en diez ¿no lo quieres?... ¡Claro! Me desgañité y le di al pencachito vueltas en el aire reconociéndonos ambos, madre e hijo, él parecía un perro afuera de la carnicería, un azotador con patas, tierno, adorado; Jacinto, que ya adolecía la paternidad aunque no la practicaba con tanto hijo diseminado de Cadereyta a Cozumel, se enqueridó tanto como yo con él y nos entregamos a la amorosidad de perro-amos. Fuimos los tres a cuanto lugar tuvimos que hacerlo, viajó Dimes —¿cómo puede llamarse de otra manera un perro de las Santamaría?—. Respuesta: sólo Diretes, en auto, tren, avión, barco y trajinera, moto o bici, fue al cine, a la iglesia y a cuanta fiesta de día o de noche nos invitaron. Era dulce y vivaz, inteligente y sentido, un misterio de intuiciones y elocuencia con los ojos, mis amigos tuvieron que dejar de "soportarlo" y lo recibían como un integrante del grupo —¡Quiubo Dimesmónides!—. Cuando Jacinto y yo nos separamos y a mí el alma me pegaba en las entrañas para escaparse y el dolor era todavía peor porque por detrás me la detenía mi ángel de la guarda, Dimes me secó las lágrimas con su pata llena de cojincitos color de rosa y me lamía las manos con su lengua no de pétalo con lija, como la de la gata Carioca, sino de raso mojado, de pirulí. Dimes dominó el español, el inglés, el francés y hasta el alemán, siempre imaginé que sería un compañero sin par en el extranjero, la gente se quedaba de a seis con aquel políglota que entendía cualquier idioma... Julio Guardado le recitaba a Baudelaire en francés y dijo que nunca tuvo un oyente mejor y más culto, y Santos Pelayo que sabía un inglés casi tan perfecto como el de Andrés de la Encina, cantaba en ese idioma y Dimes le hacía segunda con gruñiditos al compás... lo bautizó como Dimeugham, su lectura de aviones.

Total, el maldito telón se meneaba sobre nuestras cabezas, Jacinto viajaba más todavía que antes, volvía fatigado a la muerte, arrastrado su alma. La plática se redujo a monosílabas, la espalda se aposentó entrambos, su respuesta invariable: no no puedo... sus lomos de ángel, sin alas, los ojos bajos, el sueño presto... ya no me quería o había tornado a las andanzas pobladoras; el tedio de las dos cabezas contemplando mundos distintos. Camaradas en cama sin cama; a veces me sentía su casera y él mi huésped.

Intermitente De la Encina cruzaba mi camino alborotando mi estar en la Tierra. Iba a sus conferencias sola, yo sí con mi alma. De mi marido sabía lo necesario y a veces ni eso.

—Te lo dije, Pascualeta... De la Encina acercaba la cabeza a mi oreja y la frotaba con la nariz como a la lámpara de Aladino para despertar a mi genio que no dormía y volver a las andadas de los encuentros ya sin la cuata a la que dejaba en el extranjero tal si hubiera cumplido su servicio. A la mejor remedaba a Jacinto. Hacíamos el amor en mi casa o en su hotel, en su departamento, concienzudos, acostumbrados, reconociéndonos en la vieja conocencia, celosos de las ausencias, seguros del amor de encinos como su apellido, de nuestros cerros. ¿Ya te dejaron como a Ceniza?, me preguntaba, y haciéndome enojar nos apretábamos mejor en la "guerra civil de los sentidos" sin estar saciados nunca, aunque en el fondo de mí, en el traspatio de lo construido y vivido, bien sabía que algo jalaba demasiado los hilos y se podían reventar. Y así fue, porque igual me quedé sola en París esperando a Santos Pelayo que moría entre los abetos de la Unión Soviética quemado y desaparecido, su presencia de ojos cáusticos y benévolos cubiertos de nieve, clausurados para la voluntaria envoltura del amor, así soporté primero el rumor de una dolencia en Andrés que aumentaba. Mis amigos ponían semblantes de cartón como si les pidiera dinero si yo me les acercaba para saber más, qué tenía, ojos, oídos, nariz y garganta, corazón —adoradísimo—, estómago, lo de adentro y lo de afuera ¿qué? Después de todo qué importaba el qué; Andrés se debatía con el dragón de la muerte en Houston. Hablé a mi pueblo, a la casa de la cuata fea y la imaginé en mi luz de cristal y en el peculiar caliente olor de sierra y cañada, y la cuata lloró en el teléfono sin aclarar bien a bien nada, con la necedad de los provincianos a negarse al relato para quedar en los calificativos. Terrible, una tragedia, nadie sabe por qué él, si no fuma hace treinta años, si nada más lee, escribe y da clases. Pero viajaba en aviones de un lado a otro dejando los pedazos de alma en los aeropuertos y recuperándolos horas después hasta que su ángel de la guarda iba y regresaba con el hilacho, sofocado de tanto uso de las alas que ya empezaban a envejecer. Así no se puede. Le arranqué de los sorbos de mocos y los atragantamientos en qué hospital estaba y llamé a la cuata Celia a la que puse a hablar junto a un escritorio en un pasillo blanco que se escurría en aromas de medicina, encierro y dolores. Celia no se refugió en la ironía ni en la inquisición de los adelantos de vísperas, concreta y fría me dijo sí, está muy mal y pregunta por ti, ni modo Pascuala, así es y yo ni lo siento, me instalé en otra onda magnética, no deseo saber qué sigue, es como una película olvidada y sin embargo tengo la seguridad que ya la vi.

Tomé el avión esa tarde y corrí como novia de pueblo a ver a mi hombre mío y tu-yo. No llegué a nada, a la mirada, a la palabra, al mensaje final siquiera ¡algo Dios mío! Tenía una hora de muerto con todas sus letras, y estaba aún en la cama porque una huelga de especialistas en pompas fúnebres impedía sacar el cuerpo hacia el crematorio.

¡Qué afilado el perfil, qué vacíos los párpados cerrados, qué inútil y ajena la boca blanca despellejada, qué pálidos y acerados los pómulos! Su cuello nervioso despojado de mis besos, su pecho de fierro con el disfraz de un traje muy parecido al de las conferencias, sólo la corbata distinta, de franjas inclinadas como de escolapio de Eton. Lo miré desposeída de emoción, como a alguien a quien casi no conociste ¿por qué lo habían vestido, con cuál objeto banal si en las casas de nosotros a los que emprendían el viaje nada más se les envuelve en su sábana santa?... ¿Dónde su respiración agitada en cuanto me veía...? El sueño no iba con él, todo nervios y fuerza, dinamismo, movimiento ¿por qué no meneaba una mano siquiera? A mí no me importaba ese hombre helado que apenas iluminaba una lamparilla del cuarto díscolo, dotado de muebles elementales y en el que nos guarecíamos de la lluvia y las gotas allí estaban en el vidrio de la ventana vivas y caminando, en cambio Andrés optaba por no hacer nada, inútil, privado de la luminaria del alma, abandonado por su ángel de la guarda, el gigante azul eléctrico que lo siguió sin chistar impávido por la fama y la celebridad intrascendentes para él, quien no dio lata jamás ni para bien ni para mal, hoy visible para mí, apresurado como yéndose, vestido con el mismo humo que el cadáver, el explicador ante Dios de lo bueno que era Andrés, de cómo sabía agradecido recibir el sol en el cuerpo bendiciendo al creador, dador de amor por los suyos, si bien disimulador la mayoría de las veces y que se confundía con tibieza e imposibilidad de la pasión. Su amor, vara de medir que Andrés había usado con pocos pero contundente, con Celia, con sus padres, conmigo, con su hijo que vivía en el campo alejado de la luminosidad, trabajando la tierra, gran cultivador de alfalfa y chiles, de espárragos y duraznos. Su hijo llamado Pascual quizá recordándome al bautizarlo. Pascual de la Encina.

Me oí decir el nombre en voz alta y la idéntica a la de Andrés me contestó: Dime... era el hijo, de su misma estatura e idéntica voz, con la mirada amadísima llena de lágrimas que pugnaban por escurrir como dos hilos de agua, Andrés en Pascual y yo; nos abrazamos y sentimos dos brazos más que nos unían y un fraccionado sollozo. El eterno terceto en Houston.

A mi vuelta llamé por teléfono a Jacinto para decirle sin más preámbulo que debíamos divorciarnos, que optaba por la soledad sin esperar su desaire, de su desavenido amor, más aún porque tenía otra "dulce", como denominábamos a las amantitas de tiempo fijo.

—¿No será porque se te murió Andrés, chiquita? —lo oí musitar con mucha y tierna convicción, sin pretender consolarme. Sí, claro que sí Jacinto, es por Andrés; creo que me dejó una herencia bastante pesada y debo dedicarme a ella. Su ángel de la guarda. Ahora tengo dos.

Mi hermoso hombre en el que me apoyaba cuando volvía del desierto. Ya no hubo manzano a cuya sombra despertarlo. Ya no hay frenesí, mas el amor es más potente que la muerte. Te agradezco la infancia, la vertiente de la inocencia erótica, la mirada mía viéndote ir, cerrando la puerta detrás de ti y dejándome en las imprecaciones de la soledad acompañada. La mañana, la tarde en París ¿te acuerdas?... Hubo un escándalo callejero, gritos e imprecaciones guturales en francés, pies que corren, pitidos, fragores, nos levantamos de la cama y envueltos en sábanas, acodados en el barandal del balcón vimos los rodetes azules de los "flics" persiguiendo jóvenes y éstos aventándoles piedras, adoquines pesados. La calle fragorosa, expectante y alarmada a flor de piel y nosotros reíamos desde lo alto con los hombros al aire, emperadores, y tú gritabas en francés perfectísimo consignas revolucionarias que presagiaban la vibración joven del 68 en todo el mundo y yo te amé como nunca, quizá ni siquiera tal bajo tu cuerpo moreno de avellana dentro de mí exclamando mi nombre, Pascualina, mi Paco, mi quejumbre, y yo te arañaba la espalda porque así es como me gusta ser tomada. Era el potrear de la juventud teatral de polvorines y escaramuzas con tiros de la policía, matracas de amenaza y respuestas azuzantes. Darte las gracias hombre mío, por modelar tu rostro de Saint Loup hacia la madurez de la guapura varonil, el más noble digo, lo digo siempre, de cualquiera de nosotros, payitos disimulados, indeleblemente agarrados por la provincia donde crecimos y los garambullos que tragábamos a puños en el cerro viendo el mar ¿te acuerdas?, clarito lo mirábamos, que ni qué, y nadie nos contradecía porque todos los nacidos allí lo otearon, y porque tú eras el caudillo hombre, contraparte de Aurora, el que nos acompañaba ya con piernas largas y un poco de vello en el pecho, casi rubio y riente, coqueto, rozador con pies, rodillas, vientre, manos, codos, hombros, hablantín de libros y de personajes, explicándome la batalla de Sebastopol de *La Guerra y paz* y la preciosura que llevaba Ana Karenina en su bozo a pesar de que nosotras de grandes nos lo íbamos a depilar con cera para tu indignación y a rasurarnos las axilas para tu desesperación de recobrar a Ana en los cuerpecitos achaparrados de las mexicanas que nos quedamos exhaustas abajo de ti, amor mío, hombre de la sonrisa con dientes encontrados en contrapunto de los superiores, abrigando los inferiores como ocultándolos... Mi zurdo enamorado, crecido en una familia inteligente o indiferente para no corregir tu mano izquierda escribiendo versos desde niño, mi Tlacuilo dibujador, rompelón de hojas furioso por lo mediocre, del romanticismo que te salía incesante al verificarle a tu Pascuala cómplice; y a tu Celia, la cuata bonita con la que te casaste porque ya iba a tener el hijo que a mí no me quisiste dar. Hombre mío ¿sabrás acaso que el único aborto fue de un hijo tuyo que me creció milimétrico durante tu primer viaje a Europa y cuándo lo decidí en mis idas a trabajar, mis infelices translados en camión y taxi con el libro en las rodillas abierto, sin leerlo? ¿Dónde estabas? No me escribías y puesto que ignoraba dirección y país dije se acabó mi centro revestido de piedras preciosas por tu amor. Mi hijo hubiera sido taciturno como yo lo soy en realidad no quise insistir en el dolor del enamoramiento otra vez en alguien como tú. El hijo mío, por supuesto, de ti y de mí y de Celia metida como semillejas de melón en nuestro amor. Éramos tres, es verdad, pero me dejaron sola ustedes dos y fui a una dirección de una calle vituperable en el centro de la ciudad, entré a un consultorio indecente con los muebles de la salilla de espera encadenados a la pared y abrí las piernas con el rostro empapado en lágrimas. Mi piel se me pegó a los huesos, oscura, brillante, llena de sol del pasado, quizá me parecía un poco a ti, más que antes ya que mi tu niño se asomaba a la vida. El miserable doctorcete militar me preguntó antes de anestesiarme:

—Y el interfecto ¿no reclamará?

X

Las manos de Jacinto eran dos animales expresivos, se movían con celeridad de continuo al bigote para alisarlo o componerlo aun cuando éste conservaba su aliño todo el tiempo; nunca entendí la manía, el impulso irresistible, un mandato tímido quizá. Los viejos generales de la Revolución se retorcían los mostachos para jactarse de fechorías, determinar la muerte del desamigado o transfuga y de igual forma charamusqueaban sus pelos faciales asistiendo a la coquetería, invitando a la impudicia; oscilaban los bigotes entre la lujuria y la devastación, Jacinto irrumpía a su boca tantas veces como Ceniza y yo al cigarro tal si nos hiciera falta para respirar. El dorso de las manos de Jacinto, moreno miel quemada, de uñas inmaculadas muy blancas los dedos largos, nudosos y tendones escarpados, contrastaba con el café con leche de las palmas, como si alguien les hubiera echado una tacita de crema y las cuales besé muchas veces en las líneas de la suerte, del destino, de la paternidad, pirograbada casi en negro la M de morir, de macho, de mazorca, de mando, de mariposa, de mármol, de míes, de muralla, de masiosare, de Zapata. Manos de cabras que corren en el horizonte y se detienen a pacer las yerbas del cerro, le decía, y nos reíamos porque era verdad, presencias cálidas y rumiantes, huéspedes bienvenidos a mis pechos. En cambio Julio Guardado poseía manos virreinales, pecosas y daban la idea de cierta escamosidad entre los vellos que invadían hasta los dedos deteniéndose de golpe en la urbanidad de las uñas esmeriladas de manicure secreto. Andrés de la Encina, zurdo, llevaba las manos imperturbables, bien educadas, pálidas y pilosas, precavidas de parecer feriantes o placeras, empeñado en la buena sangre de sus mayores y atenido a sus palabras exactas a las que a veces dedeaba con el índice, apretaba con los puños, partía el aire con ellas abiertas atabicadas y pertinaces. En nada se parecían al montoncito de plátanos dominicos, pelados como los del buen ladrón Zenón García de Papantla, como metidos en guantes de plástico, denotando oficios varios holgazanes de los que se hacen sin pensar, manos a las que les falta hojear un libro. Casi no recuerdo las manos de Santos Pelayo (tengo que ver los retratos porque sus ojos de hoja tiernita rumbo al verde zafiro, brillosos de pasión o cólera como restalleaba el diamante de oro de mi prima Ceniza, ojos de la creación del mundo, distraían cualquier otra tarea que no fuera adorarlos). De sus manos sólo tengo la querencia de sus dedos, su juego de dedos...

Me acordaba de todo esto, de las manos de mi primo Patricio que se meneaban como bailarinas de puntas en el teclado del piano de la casa de las Santamaría, acompañando sus canciones aprendidas con los discos de las tías, desde el insustituible "Chic to Chic" hasta "En una casa enfrente de la universidad, Juana habita un piso bajo que es una preciosidad" (ésa me encantaba porque aparecía en la imaginación el pisito de Juana conquistando estudiantes). ¡Qué bien cantaba Patricio! Tenor con toda la barba rala, gracioso y frívolo, con el defecto de beber como náufrago en las fiestas de la casa, en los parrandones con sus amigos acostumbrados ya a la beberecua. Mis tíos hicieron lo posible por quitarlo del pomo pero él se barqueaba solo o acompañado. Nunca supe por qué le decíamos Quiquirriqui, su apodo infantil variado a Whiskyrriqui. Era muy bueno, pero me temo que poco inteligente. Un día llegó a la provincia una gringa a estudiar en los cursos de verano y mi tía Otilia le dio albergue puesto que se trataba de intercambiarnos el hospedaje, ella en la casa y alguno de nosotros en la suya para aprender inglés. Edith, que así se llamaba, vivía en Dallas, Texas, y era una clásica inmigrante norteamericana descendiente de ingleses, de humor brincador subrayado por giros guturales al hablar en español con el tono de nuestra ciudad natal, es decir que si aprendiera francés en Lyon lo haría con la cadencia de la región, si en París igual. La muchacha de azulísimos guiños, aplumado perfil europeo, nada de naricilla chata o cabello descolorido, de rojo intenso la güedeja realzaba la palidez de la piel y la nariz leve aguileña, de colonizadora de campos desorbitados de las películas. Noble el porte, Edith Watson, que no Wharton, aclaraba sin mucho entender. Es una lástima, le dije, me hubiera fascinado emparentar con la escritora neoyorkina del pavor. Edith me quiso de inmediato con mi desplante culterano, y fui su mejor reidora de los chistes que contaba con mala traducción y pronunciación pero mismo tono de Aurora mi prima. Aprendió con rapidez asistiendo a las fiestas del pueblo a la apertura de las aguas cafés de una de las presas de la localidad, trepanó el cerro subiendo a las bastillas de La Respirona, nuestro peñasco particular llamado así por los bufidos que aventaba en sus chiflones de aire helado. El peñón desde el cual veíamos el mar y que tuvo Edith que otearlo y aseverarlo o la hubiéramos desbarrancado. Dos tíos se murieron en aquel su primer estar con nosotros y conoció la severidad festiva de la muerte, los rezos escalofriantes aderezados con humor doble de la risa en la que incurrían la hija del primer difunto y los hijos del segundo fallecido, nuestros parientes y aliados desde el colegio, los días de campo, las lunadas, los almuerzos en el jardín de atrás y cuanto hay en el devenir de la palomilla provinciana del lugar nativa, cuando mi amor por Andrés era ya evidente. Edith estaba a sus anchas entre los cerros y las montañas; imposible mi parentesco con la Warthon, su tocaya neoyorkina, por su pasión alborozada y sin ningún miedo apocalíptico depositada en Patricio. Mi Edith se iba a casar con mi primo y nos tocaría acompañar a la tía Otilia, Aurora y yo dimos inicio a los viajes extranjeros en esa petición de mano en la salita del departamento típico asomado a las carreteadas autopistas que sembrarían en mí la inquietud renacida desde la ventana de mi cuarto cual síndrome del periférico y en la que me preguntaba cada mañana qué hacía yo en camisón mientras el mundo entero iba y venía a cumplir destinos fabulosos. Dallas fue para ambas el descubrimiento de un mundo riquísimo, el *time is money* de las clases de inglés de la señorita Dulce María.

Francamente creo que el ángel de la guarda de Edith se encontraba en babia al permitir el amor con Patricio, el ingeniero de minas bohemio y desparpajado con el trabajo. Nunca iba, o para ser textual muy poco, nada más a revisar los trabajos encomendados al hallarse la nueva veta fantástica exactamente debajo de la hilera de cedros del cerro, como si avisara a los mineros que allí estaba la riqueza. Y hablo del ángel de la guarda de Edith porque dio ala ancha a los sentimientos de la jovencita respondiendo a las serenatas de mi primo Patricio enderezadas a su corazón, las que en apuesta arriesgada para conquistarla traducía al inglés las letras, y lo peor de todo era su delicia al sonar espléndidas, quizá por la mala pronunciación y el lloriqueo vinolento. El caso es que Edith le dio el sí traicionando su propia carrera de lingüista que se asignara a fuer de trabajar en la ONU y vivir el anhelado sueño de hacerlo en Nueva York. Yo también hubiera caído en el garlito seductor del que aparentaba una cultura prestada por Andrés de la Encina, los papás Watson, dos viejecitos blancos y distinguidos parecían más bien los abuelos de Edith, se impresionaron con la señorona que era mi tía Otilia

Santamaría de Teruel, tan discreta, patinada de dignidad, acusando la guapura de la buena cuna en tierra adentro, oírla hablar su inglés del colegio del Sagrado Corazón. No pedía, exponía el deseo de su hijo Patricio de tomar por esposa a Edith. Los Watson, muy serios en su salita home-home aceptaron el consuegraje y a toda prisa arreglar la boda fue cosa de ensartar una hebra y a los quince días Edith que vistió un traje simple y elegante con sombrero y guantes, y su Patricio, contrajeron nupcias en do menor para vivir hasta la muerte, en las buenas y en las malas, al lado de la casa grande de las Santamaría, donación ésta que sentenció el fraccionamiento del jardín de nuestra infancia cortándole la inmensidad de árboles, desaparecer el estanque y cuanto hay o había de restalleantes perterres, intrincados caminillos de graba y tezontle, e ir sentando sus reales otras tres casitas modernas y feas para Patricio, Constantino y Diego Teruel, sobrino carnal de mi tío Damián, el que se vio en cierto momento muy necesitado por angas o mangas y con cuatro hijos y una esposa inútil. La casa principal quedó para Aurora cuando mis tíos murieran lo cual ocurrió casi dos siglos después... El único gran árbol salvado fue el magnolio de copas elevadas que por poco se pierde en la debacle de las construcciones de pegostes a las que se aficionó el tío Damián, empecinado en absurdos engendros lineales en lugar de la fantasía jardinera, de los nueceros donde él mismo nos colgaba columpios o ponía los sube y baja tan significativos del futuro: subíamos montados y bajábamos montados, movimiento incesante y determinante, doble y significativo.

Por lo visto a los míos les había dado por tener dos productos solos en el matrimonio, un par de lagartitos, les decía mi tía Otilia. Burlona de naturaleza, y si alguna de las ramas genealógicas exageraba, mi tía condenaba la cantidad de pecados por bendecidos que estuvieran; decía que los hijos eran como los malos olores, sólo aguantados por quienes los echaban al mundo. Pero Quiquirriqui le entraba a ella hasta el otro lado del corazón, a la parte de atrás que nos había enseñado estaba agujereada por los mejores arrayanes; nunca supimos por qué arrayanes a pesar de sentirlos clarito pegados a las paletas de la espalda tal si extendieran su dominio y un día amanecieran convertidos en alas antes de tiempo. Todo depende de que no te acuestes boca arriba y menos con nadie encima, susurraba Auro a los diez años bizqueando y con la boquita parada como cocuyo, criticaba la tía, suponiendo que supiera la costumbre de las luciérnagas y si poseían morros trompudos. Y también como si Aurora dejara ver una aventura hipotética enterrada entre nosotros los protagonistas. Y yo le contestaba a los diez años que de grande iba a ser ángel porque dormía como el mío propio, de ladito para que mis alas descansaran... haz de cuenta los caballos, y Auro aprobaba: ¡Ah, pues sí!

Quiquirriqui engendró dos lagartitos, bilingües desde que chupaban los senos de Edith, igual que todos en su casa hablaban en español y en inglés sobre todo cuando la madre de Edith se nos fue al más allá, viajando de regreso a su casa de Dallas y su padre don Watson (Frederic era su nombre sonoro de pila) liquidó bienes cerró sus cuentas del banco y cargando a su perra Allelujah instalóse en una casita del cerro que le rentó al tío Damián y en donde iba a pasar el resto de su vida revisando papeles, retratos y liquidaciones tal si tuviera aún tiempo de rectificar y apaciguarse de la viudez. Impasible nada más los nietos lo enloquecieron razonablemente; les cocinaba pasteles, panquenques de frutas que él mismo cultivaba, unos ladrillos de miel con pasas y avellanas para la navidad, y desabridos pavos el día de *thanks*. Los niños que respondían por Benedictino y Jeremías, porque Edith pensaba en inglés y hablaba en español, quedaron en Bene y Jere. Yo los veo en mi cabeza con un poco de esfuerzo como es mi costumbre si entro a la mina de la memoria en cuanto a los niños de mi familia, presentes a todo color los de mi infancia, desdibujados los contemporáneos por simple carencia de interés y ni dudar porque no los concebí. Tienen que decirme sus generales en cada encuentro y me asorpresan porque deberían ser chiquitos eternamente y desde luego me pregunto cómo demonios estaré yo si esos huesos, sus estaturas crecieron tanto, y ya son hombres y mujeres hechos y derechos ¿su ejercicio vital me habrá envejecido?

La vida resbala en la calma chicha provinciana: bostezo, búcaro, rosa, pétalo ya se sabe, y se repite como el *Bolero de Ravel*, un matrimonio, la flaccidez, Edith aumentaba su melancólica belleza a pesar de haberse dado cuenta de golpe, como si el alazo de su ángel la despertara enfurruñado, de que Patricio bebía más de lo prudente acompañado de una sarta de compatriotas cumpliendo cada vez menos con la maldición del trabajo o los acercamientos amorosos debidos. La tía Otilia, consentidora múltiple de su hijo más amado proveía lo necesario con abundancia y nunca hubo penuria en la casita anexa, si las cosas se descompusieron debiéronse al entercamiento de Patricio con la copa, perdiendo su buen porte, su pelambre que amenazaba con liar los bártulos, según el papá de Cenicita, la mirada de los ojos grandes malogrados por rojas venillas reventadas y ya al final escupidos materialmente de carnosidades que los cocía y nos obligaban a bajar la vista abochornados. Edith se empeñaba en esconder a su hombre de su padre quien prudente no salía de su casita con tal de no atestiguar la desgracia de su única niña, la pelirroja y bonita entre las bonitas, su *dear* avenadada y dulcísima. Patricio llegaba al amanecer y en lugar de meterse en la cama aromada de Edith, él, que había sido el hombre inagotable, el amoroso iluminado, se echaba en la meridiana de la sala. Allí de todos modos le dio por dormir de día la mona cuando el sofacillo servía sólo para las siestas de los perros Dimes, Diretes y Aleluya traducida, la perrita que subía y bajaba con nosotros de la cocina de su amo a la meridiana del mejor salón imaginado siquiera, de muebles acogedores forrados de cretonas floreadas sacados de las películas de Andy Hardy y su papá el juez, ramos y retratos por todos lados, alfombras claras, tapetes, un piano que proveyó Patricio, y la luz, ante todo la luz clarísima que resumía nuestra infancia en ese mismo lugar antes jardín y de nuevo jardín como si la eternidad se hubiera aposentado en los lucerones que trajo Edith de las llanuras texanas para matrimoniarse con las transparentes deslumbrantes luces de montaña de nuestra casa.

De pronto Patricio dejaba de fatigar la ebriedad yéndole a rezar a San Pafnuncio, el santo de mis abuelas que devuelve cualquier cosa perdida, salud, gente o animal, alhajas, inteligencias, menos la juventud, para que lo arrancara de las papalinas y el retorno a estar bueno, como le dicen los rancheros a quien anda en sus cinco sentidos, volver a los brazos de su amada gringuita, a los de Bene y Jere, de don Watson y de su atribulada madre doña Otilia, a los de nosotros bebedores sociales bien portados que a lo más llegábamos a andar entre dos luces, cuetitos por horas, y no como él —otra vez el papá de Ceniza— quien amonestábale por no controlar sus moros van y moros vienen, sin ton ni son, hecho un zoquete rehuible. Se juramentaba pues, y por en un año sin regresar al vidrio ni en broma. La calma asoleada le borraba lo mercurial, es decir lo inaprehensible y tembloroso; profesionalmente amontonó aciertos y hasta le aumentaron el sueldo. Su voz dotada desde el nacimiento se le hospedaba en la garganta de nuevo para cantar a la mitad del foro pues no había evento en la ciudad, conmemoración, coronación, baile de lo que fuera, donde no subiera mi primo Patricio a cantar para orgullo de la tía Otilia y la arrobada de nuevo Edith... no tenía remedio la flamígera.

Desde luego la meridiana volvía a ser propiedad sólo de los perros o de los siesteros o quienes la ganaban, y no reposo ditirámbico de las crudas del patrón. La paz en familia. Diretes acompañaba al ingeniero Patricio a la mina, bajaban juntos al nivel vigilado, subían a la superficie a comer con los mineros, se trepaban al Ford a la hora debida... Es mi copilotito, mi compinche, como mi hijastro... confesaba Patricio, y el perro dejando crecer en su purísimo corazón la fe renovada contagiado de felicidad que comentaba con los ángeles de la guarda de Patricio, los de Edith y don Watson —el de Patricio no era invitado, por huevón y dejado, opinaban los ángeles—. En cónclave se permitían compartir sus cuitas con el perrito, cruzaban las piernas como comensales satisfechos y hasta parecía que fumaban. Diretes fue aceptado desde siempre porque en realidad era un embrión de ángel, según le contaron, y en su próxima vida iba a poseer alas y su camisón inarrugable e inmanchable. Diretes andaba encantado, aunque confesaba que nada sería comparable al paraíso junto a Patricio abstemio, y los suyos de su propiedad, cuidados por él, consolados. Los ángeles le revelaron que ser ángeles no era cosa del otro mundo —aunque lo era— antes por supuesto de ser enviados especiales al mundo, o a la vuelta porque la presencia divina indescriptible y celestialmente única no tiene comparación, en cambio la estancia con los hombres dejaba mucho que desear —aunque el deseo no se les daba—, carecían los sujetos de voluntad, iban a dar a la lujuria con irresponsabilidad, puras bordoneadas: ver, oír, oler, gustar y tocar, y cuando pecaban, pero pecaban de veras, los ángeles sufrían sin consuelo porque irremediables se les desplumaban las alas y muchos compañeros andaban como chichicuilotes encuerados. Que les dañaban hasta las bocanadas de humo de los fumadores, que habría Diretes de ver al ángel de Cenicita, un verdadero buhonero, en cambio el de Aurora penando en las preocupaciones porque su custodiada le había dado por inclinarse a la pureza, rara virtud en mi familia, y que tal circunstancia le hacía crecer una tercera ala entrambas las debidas, y no deseaba por ningún motivo ser el fenómeno que Dios no había creado. Diretes se arremolinaba dentro de sí, le había sido dado conocer milimétricamente el odio de los humanos, su huella en las alas arcangélicas, así, odiaba a los borrachentos, a las mismas vitivinícolas que se anunciaban por la radio, a las cavas... una vez había ido con Patricio a una frígida helada cava semioscura en San Luis de la Paz, y al oír que en esos tinajales grandísimos había litros y litros de vino de consagrar se dedicó a orinarlos con ímpetu bombero hasta ser sacado por su amo indignado y tratando a la vez de explicar a los ricos amigotes que Diretes no meaba jamás de los jamases. El perrito, en vísperas de ser ángel, lo esperó en el portón amoscado, y Patricio manejó el auto por la carretera sin dirigirle la palabra. Eso sí le dolió a Diretes, aunque en el fondo de su espíritu sacratísimo le daba gracias al creador de que Patricio estuviera juramentado porque si no, a esa velocidad de 60 kilómetros por hora hubiéranse matado y a él le urgía ver otra vez a Bene y a Jere, a Edith y a don Watson amén de a sus correspondientes angelazos.

La vida matrimonial de la pareja retornó a su ritmo de efectividades y ayes aplacerados. Edith le dijo a mi primo la primera vez de amorosidad reanudada: ¿Por dónde salió el sol?, y Patricio le contestó: De entre mis piernas...

En el sosiego se entrepiernaban y los soles de arriba y de abajo desterraban cualquier pavura discordante. El asunto era que Patricio no se juntara con las malas compañías, los pedales que lo arrastraban a la parranda. La casa estaba todo el día entresolada, les cuento, por visitas bien nacidas, bañadas, de buena educación, Andrés de la Encina por ejemplo, el más amado de Patricio, su patrono como quien dijera, su par, su hermano. Patricio significaba el mejor concepto de hospedero, de tabernero si no bebía él mismo. Sus *cantidos* y *bailidos* nos remitían a la infancia con sólo decirles así, volvían fantasiosa la reunión, se desplazaba del piano a la mesa, a los sofás, a la terraza, bola de gente que parecía amasarse como el mismito Nudo al cual le habíamos cambiado el nombre por La Tarántula, un poco más calma, ya sin los aventaderos de antes en los que no respetábamos al padre Oñate siquiera, una vez que nos visitó de casualidad en México. Ya sin los restregones de los tacos sudados acostados en el suelo rotando unos sobre otros, para sentirnos mejor, allá en las mocedades aniñadas. Los juramentos de mi primo Patricio duraban un año y la mitad de otro cuando más. Edith empezaba a sentir el desliz de miedos imprevistos, y el cabello se le iba coloreando más, como si lo encendiera el sol del piernaje y el de las plácidas habitaciones atardecientes. Un maldito mediodía no llegaba a comer el señor de la casa ni Diretes su acompañante... si acaso el perro quedárase jugando con los niños, al darse cuenta de la ausencia de Patricio desaparecía corriendo al trotecito rumbo a la mina, y si no lo hallaba empezaba la visita de las siete casas al cantinerío de la localidad donde indudablemente lo encontraría dando inicio a su pérdida, y el perro no tornaba a la casa hasta que el amo era devuelto a medio agonizar en brazos de sus contlapaches. Daba grima verlos a señor y perro, sucios, acarbonados, malolientes, flacos y hechos ascos, miserias. Cuando Patricio volvía a las andadas duraba muchas semanas, todos enterados dónde dar con él pero bien sabíamos que resultaba peor el remedio. Edith no decía esta boca es mía y don Watson bajaba a su sala a oír el radio o a cocinarles a los nietos, a Dimes y a Allelujah.

A mí siempre me pareció tedioso el asunto; por fortuna regresaba a México olvidando la tragedia nada más con salir a la carretera pasando el panteón, amén de mi involucramiento en complicada existencia. Por supuesto me avisaron por teléfono que Patricio había muerto de pie como los árboles, acodado en la barra de la cantina más pobre del humildero y se enteró la familia porque Diretes llegó con su mugre y angustia a aullar en mitad de la terraza como si cantara el *De Profundis*. Dicen que oírlo volvía hielo el cuero y verlo llorar con lágrimas reales conmovía al más duro de alma. El padre Oñate fue llamado a la casa y acompañó a Edith a la taberna de mala muerte a donde le dio los santos óleos a Patricio, rejuvenecido, guapo otra vez, y el padre abrazó al desgarrante Diretes que proseguía con sus ululares penitentes, calmándolo por lo menos en los bramidos.

Andrés estaba en la capital impartiendo conferencias y de inmediato se comunicó conmigo para irnos juntos en su auto a la casa de las Santamaría... que no, que Celia no iba al sepelio porque sentíase cortada del cuerpo. Tenía que ser, dijo mi Andrés ya cuando bordeábamos Querétaro, y le contesté en la simplicidad que da en muchos momentos ser íntimos amantes... sí "es verdad" como Godot el que espera.

La casa de las Santamaría se desbordaba de concurrentes hasta media cuadra afuera de la terraza. Allí encontramos Andrés y yo un álbum de familia, pasamos revista a la niñez y a la adolescencia y varias veces nos consultamos para saber quién era el carcamancito abrazador o la vieja elegante y polvosa dándonos el pésame. La cuata fea enturbiada, acompañaba a Aurora a quien vi delgada como cuando éramos chicas, pulcra en su traje negro, metida en ella misma sin risas que nos identificaban, si bien es cierto que en mitad de la madrugada recuperó el sentido del humor, dándole gracias a Dios por los ojos cerrados de Patricio en los que nunca iba a mirar, nunca más, el sucio enramado de pústulas y derrames ocultantes horrendos del ocre de las mieles de maple que constituyeron la mismita belleza del muchacho de antes, allí en su estuche de madera alrededor del cual creamos un jardín oliente de macetas florecidas, helechos, palmas, geranios, al grado tal de perfume que al amanecer entraron los pájaros del jardín a trinar entre las hojas y hacer un coro a los lamentos y jadeos queditos de Diretes echado abajo de la caja las horas. Es como el coro de *Nabucco* ¿verdad? me susurró Aurora. A mi tía Otilia Santamaría viuda de Teruel la llevaron a su recámara porque no hubo minuto en que no supusiéramos se iba a desmayar de aflicción. Sólo Edith Watson viuda de Teruel compartía la serenidad con Aurora yendo y viniendo con órdenes al servicio, y cuando sentábase erguida y señora parecía que guiaba las riendas de una carreta de colonizadores rumbo a la tierra prometida desde la Inglaterra de sus antepasados. No lloró, nada más se conmovió visiblemente no con sus hijos Bene y Jere (igualito Bene a ella y Jere al fiambre) sino al descubrir al perro Diretes caminando detrás del féretro a la cabeza, como un Chaplin, la manifestación de juerguistas, un nutrido contingente de borrachitos que acompañaron hasta la tumba en la pared del panteón a mi primo Patricio, Quiquirriqui, el empedernido parrandero pagador de los cuentones y ayudante monetario en cualquier procuración, compadre de bautizos y primeras comuniones de los vástagos de los teporochones, y aun el hospedaje en un rincón del garaje, estuviera Patricio briago o sobrio. Esa mañana los alcohólicos nada anónimos nada más se pasaron las manos mojadas por el pelo y aplazaron los tornillos, tencuarnices y catrinas, las agüitas doradas y cuanto hay en la pachanga para reanudar todo después del crepúsculo pues dedicaban sus horas a quien ya rendía cuentas al Señor y para que fuera perdonado. Dignos en el entierro, derechitos eran tantísimos que Edith aprovechó que la suegra con los ojos cerrados no se daba por apercibida, para dejarlos entrar a la sala y le hicieran las guardias a la selva de plantas y al muertito. Casi no tambaleaban su humanidad patética, y los efluvios de suyo exhalados formaban una especie de capelo que iba y venía con ellos.

Del salón pasaron al comedor a tomar café ardiendo sazonado con gotitas de cognac, comer un refrigerio vaporoso que las criadas servían con caras de asco mereciendo reconvenciones de Edith y de Auro apersonada ya en su papel de hermana del fallecido y líder absoluta como una Evita Perón hagamos imaginaciones. Las "grasitas" la conmovieron como a la santa argentina... siempre he creído que la obra social de Aurora en todos los órdenes significó un acto de amor a su hijo muerto y un beso repetido al hombre de su vida, el licenciado Eugenio Sáenz, muerto con todas las bendiciones papales y la castidad eterna de ella, su real mujer.

El caso es que había que ver el desfile de los deudos de Patricio, porque a sus compinches cercanos se les iban uniendo en el camino al camposanto los cantineros, los mozos, las cocineras, los meseros, los cargadores y veladores de toda la ciudad, y a tal aglomeración de humildes seguíamos nosotros los limpios y perfumados reteniendo las lágrimas porque así nos educaron, para no hacer en los duelos una sola escena que diera lugar a la crítica. Primero está la decencia que la manifestación de ninguna víscera, nada de dar lugar a la compasión y peor, a la lástima. Edith, sus hijos, Constantino, Auro, las Anilinas, mi Andrés, yo misma, éramos las fuerzas vivas de la capital del estado. Partíamos caminando la mañanita fresca de agua que las nubes retienen para respetar la ceremonia. Olía a magnolias porque las hay muchas en los jardines bordeantes; la gente se amuralló en la banqueta en silencio, descubriéndose los hombres y persignándose las mujeres. Las campanas de la parroquia daban las llamadas a misa de doce y parecían tañer por mi primo. También fueron añadiéndose perros amigos de Diretes, y aquello se convirtió en el mejor entierro de muchos años, recordado con admirancia, risa y envidia.

Yo sentía la mano de Andrés deteniendo mi brazo. Fuerte y varonil, caliente, los dedos rozaban mi seno y la ola de adentro contrapunteaba mi tristeza con el deseo. Paco —me dijo en la oreja— ¿nos vamos hoy mismo y dormimos juntos por la carretera? Tuve la desfachatez de volver la vista ansiosa de amor y preguntarle ¿por dónde salió el sol? Y la respuesta de entre mis piernas acusaba la originalidad de él o de Patricio que guardaba Edith y me contara más roja de lo usual... la recordaba por sus orificios nasales palpitantes y cómo echó la cabeza hacia atrás y pude ver los agujeros oscuros que conducían al cerebro y trazaban la ruta de los niveles de las minas que Patricio recorría... De entre mis piernas era decir el principio del mundo, de lo que existe y de lo que me sostenía a mí y a la mejor a Edith, lo que apuntaló el carácter irrevocable de Aurora, y si me voy muy atrás la decisión de Isaías Fontanero para suicidarse con todo y su ángel de la guarda. El sol de las piernas de Andrés, iluminadas por la lamparilla del buró hotelero a donde nos metimos apresurados ya entrada la noche y estremecidos sin falta, idénticos a la trémula llama que nos asistió en nuestra vida juntos y volvióse símbolo y recurrencia en la tarde parisina que fundamos en fecha y ceremonia cívica repetible a fuer de hacerle honores. El centro del cuerpo incomparable de Andrés, el que me hizo y decretó y no olvidé ni con mi primer "saltopatrás" que le bautizara él mismo a Jacinto Murcia a su olor a campo y a casa, su brusquedad varonil en el atrabancado amor seguro y tierno. Ni con Santos Pelayo, el de la intrincada suavidad posesiva de ave de presa, quizá el único posible "en lugar de", muerto bajo la nieve entre los abetos calcinados de su tumba que sería el bosquecillo cercano a la antigua San Petersburgo... O la absurda suposición de Julio Guardado, enterrando a Andrés antes de tiempo, distinguido y descolorido conquistador de la vieja Guatemala. Mi Andrés hoguera con el sol entre sus piernas, me calcinaba y reconstruía al mismo tiempo. Ese pedazo de noche hicimos el amor con la terquedad de los que poseen la vida y la saben respirar, gemir, sudar en venganza del que ya la perdió y se empieza a pudrir en su gaveta de la pared del panteón, el que ya cruje como los viejos muebles en las casas cerradas y tal vez huela a mugroso, como sus corifeos que lo levantaron al agujero del alto muro de tumbas y ya ni se acuerde de nosotros por tratar de ser coherente en sus respuestas a Dios, oyendo la voz de su ángel ayudándolo a disculparse por el alcohol, pues dicen que Él es abstemio y vegetariano. Cabalgamos el amor feroces enardecidos y constantes, excitados por la muerte pelona y yo tratando de traducir la voz ahogada del anuncio de mi viaje a Houston sin entenderlo, desde el subconsciente de agua de los que temen y de los que avisan en los aeropuertos. Logramos las Cumbres de Maltrata del sexo y del deseo santificado en el amor de una vida, perdonados por Dios quien estaba de venia después de examinar a Patricio.

Desde la muerte de Patricio el lacre del destino se endureció y el de Diretes, quien a los pocos días fue a la mina y se desbarrancó por el tiro dicen creyendo el perrito que allí estaba el malacate, pero nosotros los de entonces supimos de su suicidio para irse con su amo al cielo y descansar de las inspecciones a las cantinas y a la espera de bajar a este valle de lágrimas disfrazado de ángel habiéndolo sido tantos años y generaciones en la casa de las Santamaría.

XI

Estoy sentada envuelta en el estrépito. ¿De dónde viene? Parecería que tiembla, se estremece el para mí bramido. No es verdad, no hay movimiento, pero siento el sitiaje, el breve mareo de un pequeño sismo ciñe las orejas, imposibilita nada más allá de la concentración en lo que ocurre. Es muy difícil arrancarse de la obsesión del zumbido formal, la serie monstruosa de máquinas trabajando a distancia obsequia el sonido entrepajado. Ya no oigo ruedas girando pero las percibo clarito dentro de la cabeza, tal si hubiéranse quedado retratadas para la tortura. Es una fábrica de harina laborando día y noche con la premura del infierno prometido, tenaz siempre sonora eructando blanco polvo que alimentará los hornos panaderos de la ciudad entera. La misión sobre la Tierra de ese negocio es crear el pan nuestro de cada día; imposible de toda posibilidad suponer que parará ni en fiestas patrias o navideñas. No hay pueblo sin hambre y sin pan. Pienso en los hornos de lumbrada en los que panaderos antiguos metían masacotes con una cuchara larga en los hornos para lograr la fragua de piezas quebradizas rumbo a la hora del cielo, como le decíamos a los panes tibios copeteando la charola que descendía al centro de la mesa de los niños gritadores de lo que apartaban: la concha, la sema, el cuerno, la chilindrina, el mamón; nuestros perros Dimes y Diretes bailaban alrededor para clamar por su bocado que tomaban delicadamente en sus fauces abiertas, rápidos tragándolo sin mascar y se relamían las trompas con sus lenguas excitadas. No sé por qué ahora la ceremonia del desayuno y la merienda en los tiempos niños me viene a la mente unida quizá en los troniditos del pan metamorfoseado en "El ruido". Sigue, no se detiene y me tortura un año dentro de mi casa fragorosa, sin leer, escribir, dormir, oyendo incesante música untada sobre el clamor.

Comprendo la orden tácita que el destino me da: mudarme a otro mejor lugar de silencio, llevarme mis viejos muebles, desprender los libreros atornillados a las paredes, los cuadros alucinantes que enlujan los muros, la morbidez variopinta de objetos coleccionados del pasado, tatarabueleadas, como les dicen mis hermanos sin dejar de echar miradas propietarias a las chucherías que adoro y subconscientemente esperan heredar el día de mi muerte. Nada hay nuevo bajo el sol más que tal vez lo olvidado; y yo recuerdo en cada zapatito de vidrio azul, las porcelanas desportilladas, las botellas para agua bendita con siluetas de vírgenes de Guadalupe, el viejo de barro que cuenta cuentos a niños sobre sus piernas y hombros, la taza de té con un gato dibujado cuya cola es el asa, cada bobada me hace traspasar el túnel del tiempo. Todos amamos las cosas y las casas mágicas sobre todo, regocijantes en su enardecida luz, mis escaleras de caracol por ejemplo, mis ventanas con cristales colgando que echan colores al sol y el yerberío por doquier para que mis animales sean felices un tanto en su natural melancolía de jardines. Mis casas tatuadas de memorias ajenas, llorando humedecidas a tambor batiente en las restauraciones de la mala suerte. En ellas el amor ha sido por mí buena visita, recibido y esponjeado, desde Julio Guardado a Santos Pelayo y Jacinto Murcia; sus voces quedaron esquineras en los rincones; tendré que destrozarlas en la huida del ruido y aprender a caminar sin ellas tratando de no acordarme de sus tonos amorosos sus silencios ya inmersos en el desprendimiento; de Andrés de la Encina el primigenio, deshaciendo un pleito itinerante: Paco, sin ti me seco, tú eres mi aguacerito; de Julio Guardado guareciéndos por supuesto a mi susurro de cuánto lo amaba: ¡qué boba eres!; del te quiero riguroso al despertar Jacinto; de la recompensa al amor declarando Santito, una tarde en que veíamos caer la tormenta desde la cama: tú eres mi mujer. La savia de mis huesos, los higos, naranjas y limones crecidos admirables en mi novísimo jardín, el primero mío de mi propiedad. Total, un día salí de "El ruido" cargando a mis Dimes y Diretes y a la gata Carioca y me senté en los escalones de entrada a la nueva morada que es la hucha donde están los pesos arrejuntados a lo largo de mi vida trabajadora, a esperar un camión de mudanzas atiborrado hasta el tope de las cosas-cosas, muebles viejos, un millón de libros y cuanto hay que aventaron cargadores malhumorados en cualquier lado como Dios no les dio a entender, y fui acomodando a lo largo de los meses con la parsimonia de quien recoge restos de naufragio, pedacería, a fuer de recuperarlos restaurados y ser anfitriones acogedores de las visitas convirtiéndoles lo vetarro en gracia y delicia como conseguí hacerlo con la sucia casa adquirida la cual de ser chiquero y oscuridad es sol entronizado y paraíso de ventanas abiertas al jardín de la jacaranda y la vecina araucaria, el hule pesaroso brillante, el cedro sereno de años y a mi huertillo ya floredo. Me acostumbro a tomar el café en la sobre-fuente después de comer y en la que descanso los pies en el brocal sentada en una de las bancas de pueblo con sus águilas mexicanas forjadas en hierro. Voy oliendo el aliento de albahaca y tomillo de mi pomposa propiedad, miro el balanceo de los limones y las naranjas, el roce de las alas como de coristas de los chuparrosas picando las camelias rojas me traspasan el corazón agradecido. Por supuesto voy a dar a la añoranza, la salud sonriendo con mi Andrés burlándose de mis caudales, diría, negándose a perder el tiempo con la hoja santa y el higo en la palma de la mano que le enseño, y abrazándome mordería mi cuello. Es mi instante glorioso y soberano, ya vendrá la noche y "El ruido" arrastrado por el califato que ejerzo en la neurosis. La casa y el nostálgico recuento de lo que fuimos, las colas de adquirientes en Bellas Artes para un boleto y Celibidache, y Shostakovich como araña, o el disco negro del que sale Satie y nos hace sentir descubridores, o reina Wagner recordándonos patéticamente a la banda municipal de los domingos allá en la infancia, tocando el *Tannhäuser* sin pudor y con entusiasmo; el abuelo de Isaías Fontanero fue director eterno de los virtuosos músicos del Bajío. Me gusta Sibelius más aún si voy manejando el auto por la carretera, los adagios, principalmente el de César Frank haciendo el favor de interpretar a Proust. En las madrugadas tapono mis orejas con cera y concilio el sueño hasta el amanecer. Estoy pues inmersa en la guerra y la paz, en la preparación de un seminario que ya está aquí inesperadamente como de costumbre, y debo estudiar para sustentarlo pese al desbarajuste de mi biblioteca igual al de los roperos y las alacenas. Pienso en mis antiguos cambios de domicilio y la primera noche el orden aparente casi instalado hasta con flores en los vasos, y no entiendo cómo le hacía, ha de haber sido la pequeñez de los pisos, la juventud y en ella la estancia de un hombre. Nací para ser mujer de uno solo, su igual e implacable contendiente, compartiendo conversa o silencios estancos. Tal vez por eso ahora la desazón ante las cajas de cartón despanzurradas tan significativas de lo que ha sido mi amor por Andrés y compartido con otros prodigiosos, "la mucha gente" que el mismo Andrés calificaba olvidándose del buen triángulo de nuestros derechos de autoría. Busco mis papeles antes de arribar "El ruido", hundiéndome en el no estar de Andrés. Mi ángel guardián compungido me toca la espalda y hace volver mi cabeza hacia quien camina a la vera mía desde nacida; me sereno con su amor invariable. Disciplinada arreglo el papelerío desparramado sobre el suelo, el escritorio, el sofá y del soberano relajo surge un sobre con sello de Nueva York ¿y esto?, miren qué fácilmente se esconde la milimétrica hoja de afilado canto, echada como un borreguito, tibia y palpitante la carta grita desde la letra con mi nombre y la dirección donde yo vivía ¿cómo vino a dar a mis carpetas a la trompa talega?, enterrada literalmente entre apuntes; trato de aspirar el aire porque siento me asfixio súbitamente y revivo la escena pirograbada de la muerte de Andrés que ni siquiera atestigüé junto a la cuata y el hijo Pascual. Él, inmóvil sin la risa, indiferente en la cama del hospital de Houston, el embate del aguacero en la ventana, el inicio de la noche, el hombro de hijo-hijo de Andrés en el que sollocé como niña. Desdoblé las hojas, no pude leer más allá de la fecha una semana antes de su internación. Mi feliz amor regocijante, exultante, jugador, joven y anciano, ya sin poder oírlo con los ojos como ordena sor Sol porque las lágrimas fluían en cauce, desdichada solitud a solas; la Pascualita de sus amores, la Clo dejada de la mano de Dios, la Paco perra sin dueño. La tristeza, la tristedad, la edad...

Andrés me anunciaba el viaje a Houston porque así habíanselo ordenado los doctores removedores, oidores, revisores de sus órganos primigenios, sus artículos de lujo en aquella aventura conmigo en el aire que pega fuerte en la cima de la montaña, en la playa un día entero desnudos ensombreados, renegridos del perenne sol. Pueril resulta transcribir los juegos de palabras y los recovecos de humor pretendiendo sosegarme. No pasa nada Pascualilla, Paco entrañable, en tronido de tus dedos volveremos a remirarnos otra vez, mi Clo putitita ¿entiendes?... Te amoro, escribió, de amor y adoro, hablaba de su querencia, de que estábamos enqueridados por justos juicios de Dios desde nuestras cunas en casas cercanas a tiro de piedra, allá en la ciudad de las iglesias y los palacios de antes, vasos conductores como los niveles de las minas que pisábamos sabiéndolas bajo nuestros pies rebrillosas del oro de todos los colores y plata de noche lunada y por eso los ojos echan cardillo y jurgunean a los demás. Prometíame el rey de mi casa irnos corriendo apenas se mejorara de la destemplanza, a Grecia, a las aguas opalinas solos, nomás con los ángeles imprescindibles, sin la cuata que ojalá siguiera sintiéndose mal, y ha de haberse reído Andrés remedando a su mujer obstinada en hablar muy pitiminí, sentada rígida en las orillas de las butacas oyendo despacio, circunspecta y segura de sí, desconocedora de miel y trigo, congoja o satisfacción, creyéndose queridísima total. Sentirse mal dice mi concupiscente compañera de infancia muy vestida con trajes astrosos del mercado de pulgas, o remedando a Edith Piaf o a las modelos de las revistas *Para ti* de mis tías las muchachas que habían sido y así les llamaban sus contemporáneos. Ya no será dador de placer, ya no tengo a mi rey para que me introduzca en su despensa como en el *Cantar de los cantares*... después de todo lo hicimos muchas veces detrás de cuanta puerta encontramos, debajo de colchones, ropa colgada, sótanos y escaleras que ahora no nos cuadrarían. Dice el *Cantar* "son hermosas tus mejillas como aljófar"... como verbena, como tórtolas, como romeritos de cuaresma, y así proseguir se dejara de llorar y buscar sus ojos, meterme en ellos, encontrar el alma y sacarla para secarme las lágrimas que por él en las mías mejillas deposito.

Ya no me hables mi amorosidad, estemos silencios, no tengas miedo, como si la oyera tu voz sobrevive ¡qué extraño que la sueñe y oiga precisa y concisa!, tu argente risa de oro de los que fuimos, "fuimos... es mucha gente", negando prestidigitador la cauda que nos envolvió en aquel estar en almohadas de plumas volátiles, multicolores, tornasoladas, tornabobadas, tornabodas. Piénsalas, si a la vera de Dios se piensa, y acércame el recipiente de la leche para beberla y calmar mi pena. Ya no deseo nada, me agobian la ciudad y la gente, el humo que respiro, lo ruin de la estupidez, lo sucio, tu sentenciosa ausencia definitiva, sin un ratito más para verte. Pero mira, Andrés, mi tonelada de briznas amorosas que me diste, déjame devolverte la turgente noticia que me llegó en un periódico; fíjate que un grupo de prósperos empresarios de esos de los dedos de oro que nos mataban de risa, adquirió el diamante más grande que puedas imaginar —si en el cielo se imagina— para ofrecérselo al rey de Tailandia, el licenciado Bhumibol Aduljaded, en sus felices 50 años de haber trepado al trono. El diamante de 546 kilates y de color amarillo, adornará refulgente el cetro real, y una vez que terminen los actos conmemorativos el diamante del tamaño de un hueso de aguacate o quizá de mamey, se expondrá en varios aparadores de las más inaccesibles para el vulgo joyerías de Europa y de Estados Unidos, y uno podrá ir a abrir la boca detrás del cristal blindado para verlo ¡si no pedimos los Piedecasas otra cosa que ver el diamante de oro comparable al de la oligofrénica Sabina Santander, la mamá de Sixto, el novio de Luz Cenicita mi prima! Sobre todo porque inventamos en mi casa que uno habría en la familia, el corazón de la fábula que nos mantuvo en constante esperanza de ser ricos, alhaja dizque resguardada por un licenciado Piedecasas, tío lejano residente en Atotonilco. Estas noticitas las junto para ti Andrés, ¿no te acuerdas en Nueva York cuando me arrastraste a la joyería esquinera de la Quinta Avenida y ordenaste ver de cerca el diamante (de oro) del aparador, y lo determinaste en tu esmerado inglés-inglés y el lacayo de frac diurno trajo el diamante (de oro) para que conociera tu mujer yo-de-ti, su quimera, la dejó en tus amadas manos de cordero pascual que las acercaron a los ojos de tu Pascuala? No era el diamante de oro, pero esa vez fue el real mitote de los siglos tradicionales de mi sangre... A ti, mi otro yo, te agradezco la anécdota alucinante...

Nos hemos de volver a encontrar en el sarao organizado por Dios emulándonos, estaremos lustrosos con nuestras pistas jóvenes para reconocernos entre el almerío congresista: la piel de papel de cigarro de Aurora, transparente y arrugable, la lengüetilla de Cenicita apareciendo instantánea en furtivas mojaduras de los labios para quitarse las pajuelas quemadas del tabaco, la caverna color de rosa, abierta como ventana a medias en callejón, de la candorosa tía Nena Adolfina, la botijona; la rajada machetazo boca de Eleuterio Jaramillo aventando tufadas de cantina; los labios sinuosos, curvas peligrosas de Santos Pelayo, instantáneos en vocalizar ideas u órdenes flamígeras de hacer el amor ¡ya!; la línea recta de la boca de Celia, cuata bonita desertora de los juegos inteligentes de nosotros dos, de nuestras bocas y lenguas luminiscentes; la boca de Jacinto Murcia, de colores serios, satín húmedo. Nos toparemos niños, mejor adolescentes, o ya gentes mayores pero sin viejuras. Para querernos más, tan amorosos en el mundo de rescoldos, relampagueantes en el sexo. De la Maripepa insistiremos en lamentar su muerte tan de repente, y nos burlaremos otra vez de su fruncimiento de labios haz de cuenta continuara mamando el pecho de la Escalpelo; ¡pero si mamaba hasta muy del guante de Eleuterio dando la vuelta al jardín principal!

No te cerré los ojos, mi Andrés, lo hizo Pascual tu hijo, y ni cuenta te diste, igual a Santito que decía morirse les sucedía a los demás, no a él; no te creas, pobre de Santos, se la pasó en la edificación de las naciones bolivarianas y con uno que otro desliz de entrepiernamietos extramuros. Tampoco le cerré sus ojos que ahora reflexiono habrán quedado embarrados en el tronco del abeto como si fuera la savia misma del árbol. ¿Y a mí quién me va a cerrar los ojos cuando caiga en la negrura de la muerte? Tú y Quiquirriqui deberían bajar a contarme qué es el tris de irse a lo obscuro, a soplarme en la oreja duermevela algo de aliento celestial, algo de la mucha gente que está con sus mercedes contemplando al Señor con los pies arropados por los cuerpos de los perritos que tuvimos y comparten la presencia suculenta del Creador. Ya ni quien evoque las montañas y las sierras, los alfalfares, óyeme, el amanecer y los crepúsculos de aupa de mi tierra, las cúpulas enhiestas plácidas, las majestuosas salas con sus balcones atrancados... ¿Te acuerdas de mí, Andrés?, de la rebelde forma de amarnos en motines cabriolescos en las casas blancas esplendorosas de luz... Quizá te despediste sin darte cuenta de lo verde del camino, la cumbre visitada... no quito el dedo del renglón en que se pose la mariposa de los sueños en tu frente y mi voz te alcance y recuperes lo mucho que fuimos, estas dos gentes militantes en el espacio erótico perdido. Sonríe amor y evoca el collarcito de perlas que me compraste en uno de los viajes secretos que hicimos a Italia, y la imposibilidad de zafarlo porque el broche era secreto de estado de un orfebre, y tú asegurabas que si lo desabrochara saldría de adentro en mecanismo diabólico un aguijón envenenado y allí mismo pelaría gallo tu puti-florecita. Así anduve como Dimes y Diretes encollarada de perlas, dándote la lata genial cada mañana al sentarnos a desayunar a la mesa con mi angustiosa mano derecha tirando la copa del jugo de naranja, invariable certera, desconchinflada, culpable. En el fondo yo creo que sólo por eso, el desaguisado hartante, no te casaste conmigo de chicos.

Serás otra vez el cuate de Gabriel tu hermano, quizá más guapo que tú, y de los ángeles ya tocables, suaves y brillosos como pompas de jabón, camaradas del paraíso recobrado, eternamente listos para desaparecer de enviados especiales a la Tierra, carcajeándose fuerte con permiso y sin hipocresías a las que se sometieron so pena del castigo si desportillaban la solemnidad diplomática de embajadores del todopoderoso, un tanto descansando de haber sido testigos del descampado mental de los humanos, los carentes de misericordia con propios y animales, y tolerables sólo a veces por el don de la risa.

Yo quiero morirme todavía con figura humana y no irte a dar el espectáculo de la vejez caminando a tientas, reducidora de alturas y hamacas al desplazarse, deslujada de ojos embelesantes y de la ligereza para trepar corriendo los árboles y las escaleras y sin saciedad en los amores físicos. Me entristecen los gestos ancianos de las espaldas, de los labios curveados hacia abajo, las manos bachichas visibles de lamparones cafés, los pasos medrosos de pies cegatos. Aquí estoy sentada sin sombra acompañante que no sean mis animalitos, bebiendo tus alientos de muerto fresco cercano irremisible a la dolencia. Afuera retumba la batalla y la crueldad. Escasea el sabor de los manjares, no hay aromas para calmar el viaje en la Tierra sin ti.

Estoy sin ti, en mero tránsito a tu dulce compañía, al todo absoluto de los ángeles que fuimos.

Ya se acabó.

Santa María de la Ribera
San Miguel Chapultepec
1995-1997

Carmen Parra

Índice de ilustraciones

Agradecimientos:
Esta novela fue escrita con el apoyo del Sistema Nacional de Creadores de México.

Fuimos es mucha gente terminó de imprimirse en julio de 1999, en Litográfica Ingramex, S.A. de C.V. Centeno 162, Col. Granjas Esmeralda, C.P. 09810, México, D.F. Composición tipográfica: Angélica Alva. Cuidado de la edición: José Luis Perdomo Orellana y Rodrigo Fernández de Gortari.